Jean-Marcel Cheyron

La nuit des étoiles rouges

Roman

L'Harmattan

Du même auteur

Coups de feu à Montmartre et autres nouvelles grises, nouvelles, L'Harmattan, 2013

5-7, rue de l'Ecole-Polytechnique, 75005 Paris

http://www.harmattan.fr
diffusion.harmattan@wanadoo.fr

ISBN : 978-2-343-07896-0
EAN : 9782343078960

AVERTISSEMENT

Ce livre est une œuvre de fiction. Les personnages et les situations décrites dans ce roman sont purement imaginaires. Toute homonymie ou ressemblance avec des personnages ou des événements existant ou ayant existé ne serait que pure coïncidence.

À Janine et Claude Thony
À Jean et Françoise Cheyron

Il est grand temps de rallumer les étoiles

Guillaume Apollinaire

Un tourbillon capricieux aspergea de sable les personnes assises à même le sol devant le dispensaire. De nombreuses femmes et leurs enfants attendaient depuis le lever du soleil. Le silence n'était rompu que par les pleurs d'un bébé et les paroles de réconfort de sa mère.

Philippe Leroy sortit un mouchoir poisseux de sa poche et s'épongea le front, le cou et les avant-bras. Le jeune médecin soupira en voyant le ventilateur hors d'usage et se tourna vers la vieille femme assise sur un tabouret.

– Qu'est-ce qu'elle a cette dame ?

Le garçon debout à côté du bureau traduisit en peul. La réponse était longue et le médecin commençait à piaffer.

– Résume, Omar ! Que dit-elle ?

– Qu'elle a mal dans les bras, les jambes, à la tête et qu'elle ne dort plus.

– Est-ce qu'elle a envie de vomir ? Le corps chaud ?

– Non, j'ai l'habitude. Je lui ai posé la question.

– Qu'elle avale un comprimé avec de l'eau quand elle a mal, pas plus de trois par jour. Philippe Leroy tendit un bon à la vieille femme sur lequel il avait écrit « aspirine ».

Les médicaments étaient entreposés dans un local en banco[1] pompeusement dénommé pharmacie, situé à trois cents mètres du dispensaire. C'était le seul bâtiment en parpaings du quartier peul. Le médecin ne comprenait pas pourquoi la pharmacie n'avait pas été construite à côté du dispensaire. Mais il y avait tellement de choses qu'il ne comprenait pas… La malade prit le bon et resta assise.

– Elle attend de prendre racine ?

– Elle veut savoir sa maladie.

Le médecin se pencha vers Omar et lui glissa à l'oreille :

– Sa maladie s'appelle la vieillesse.

– Tu veux vraiment que je lui dise ça ?

À la surprise d'Omar, la réponse parut satisfaire la vieille femme. « On dirait un baluchon ambulant. » pensa Philippe en la regardant quitter la pièce, courbée à l'extrême, sous plusieurs épaisseurs de tissu noir. L'infirmier passa la tête.

– Fini pour aujourd'hui, toubib ?

– Oui. Je sature.

Le médecin jeta un œil désabusé sur la pièce. La poubelle débordait de seringues usagées et de pansements sales autour desquels s'activait une nuée de mouches. Carrelage, armoire et bureau métalliques, tabourets et évier, tout était recouvert d'une pellicule de sable.

– Ahmed, range-moi tout ça, que ce soit propre pour la prochaine consultation.

Les gens se levèrent en voyant le médecin sortir du dispensaire et commencèrent à se disperser lentement. Il remarqua une petite fille prostrée dans les bras d'un homme. Sa joue droite, purulente, avait doublé de volume.

– Que lui est-il arrivé ?

– C'est un chien qui l'a mordue, patron.

– Quand ?

---

[1] Matériau de construction traditionnel en Afrique fait de terre argileuse et de paille hachée.

– Il y a environ une semaine.

– Et c'est maintenant qu'on l'amène !

Philippe toucha le front brûlant de la fillette.

– Ahmed, je t'ai déjà dit que je voulais voir les urgences en premier !

Il fulminait, certain que la famille avait d'abord vu un guérisseur et n'était venue au dispensaire, comme souvent, qu'après l'échec de la médecine traditionnelle.

– Omar, dis à son père que je vais la soigner, mais j'ai bien peur que ce soit trop tard.

– La fin, je la traduis pas ?

– À ton avis ?

Philippe venait de terminer de soigner l'enfant quand l'infirmier entra avec un balai et un seau.

– Je peux commencer à nettoyer ?

– Oui, à fond, et n'oublie pas de fermer les volets avant de partir.

Ahmed était le dernier des trois infirmiers recrutés par son prédécesseur, Éric Cauchoix. Bien que ses compétences fussent limitées, il l'appréciait pour sa ponctualité et sa serviabilité. Mais la vedette incontestée parmi les deux seuls employés du dispensaire, c'était Ludo. Nul ne savait qui lui avait donné ce nom, ni depuis quand il officiait à son poste. Ludo était un âne. Pas n'importe lequel, « l'âne-ambulance ». C'est lui qui, sous la conduite du vieux Marhoum, tirait la carriole où, sur un matelas hors d'âge brûlé par le soleil, on installait les patients dont l'état nécessitait un transport urgent au dispensaire. D'une rare intelligence, Ludo semblait comprendre quand la vie de son passager dépendait de sa rapidité. Il trottait alors à toute vitesse, en ponctuant sa course de hi-han frénétiques. Mais quand « l'âne-ambulance » devait se muer en « âne-corbillard » et ramener un cadavre, Ludo marchait au pas, tête basse, comme s'il partageait la tristesse de la famille du défunt. Contrairement à la plupart de ses congénères dont la vie était un enfer, Ludo était cajolé par les enfants qui le nourrissaient régulièrement, et il répondait à ces marques d'affection par de grands coups de langue râpeuse.

Philippe fut soudain pris de vertiges. Il se retint au chambranle et se souvint qu'il n'avait rien mangé depuis la veille.

Il sautait souvent le petit-déjeuner pour examiner un maximum de patients, en sachant que les voir tous était impossible. Depuis son arrivée à Faedi, début septembre, il avait bien supporté ce jeûne matinal, mais aujourd'hui, la rue principale, déserte à cette heure étouffante, lui parut bien longue. Comment Omar pouvait-il courir, dribbler d'invisibles adversaires et shooter dans des cailloux tout au long du chemin ? Son énergie lui donnait le tournis.

– Arrête, tu m'épuises à faire le pitre !

– Le patron est fatigué ?

– Cesse de m'appeler « patron » ou je te fous une beigne !

– Un beignet ! Merci, patron. Avec de la confiture s'il vous plaît !

Philippe fit mine de lui courir après. Omar éclata de rire et se mit à tourner autour de lui à la manière d'un boxeur qui va décocher un coup. En approchant de la maison, le jeune médecin se remémora son arrivée à Faedi, deux mois plus tôt, tard le soir, après un voyage éprouvant en taxi-brousse depuis Nouakchott, émaillé de nombreux incidents mécaniques. Après s'être extirpé du véhicule bondé, il avait rencontré la petite communauté expatriée qui l'avait attendu à la gare routière pour lui souhaiter la bienvenue. Un gamin au regard vif s'était dégagé du groupe d'autochtones qui se tenait à l'écart des toubabs[2].

– Tu vas aller dans les villages ?

– Bien sûr !

---

[2] En Afrique de l'Ouest, toute personne à peau blanche à l'exception des Arabo-berbères.

– Et t'auras besoin d'un traductionneur ?

– Un traductionneur non, mais un interprète, oui, avait souri Philippe.

Omar lui avait rendu visite le lendemain soir et ils avaient discuté jusqu'à une heure avancée. Le garçon avait été intarissable : sa naissance à Mopti dans une famille polygame, ses onze frères et sœurs dont cinq étaient morts, la sécheresse, la famine, l'exode de son père, les larmes de sa mère quand, à neuf ans, il avait décidé de s'en aller, l'errance dans les rues de Bamako, la rencontre avec un couple d'enseignants français qui l'avaient inscrit dans leur école et hébergé pendant deux ans, le départ des coopérants, le voyage au Sénégal, le traumatisme de la prison à Dakar, la mort d'un copain écrasé par un train sous ses yeux… Il en avait tremblé en relatant ce drame.

– Quel comédien ! avait tranché Jean Bardin. Tous des menteurs ! Si un dixième de ce qu'il vous a raconté est vrai, vous avez de la chance !

Taciturne, solitaire, le directeur du personnel de la mine de fer de Zermate, située à cinquante kilomètres au nord-ouest de Faedi, avait été le seul expatrié à ne pas l'accueillir à son arrivée.

Philippe et Omar arrivaient devant la maison lorsque le garçon s'arrêta net.

– Il y a quelqu'un à l'intérieur.

– T'es sûr ?

Omar hocha la tête. Ils montèrent les trois marches menant à la terrasse, traversèrent la véranda et entrèrent dans la salle de séjour. Allongée sur le sofa, Liliane Canthi se redressa en les voyant.

– Enfin ! Où étiez-vous ?

– À mon cours de tennis pardi ! Que faites-vous chez moi ? Soyez brève, car j'aimerais me reposer.

La jeune femme d'une trentaine d'années, au visage volontaire encadré de cheveux roux lui tombant sur les épaules, n'était pas particulièrement séduisante, mais son caractère enjoué et son allure énergique la rendaient sympathique.

– Je suis venue vous donner deux nouvelles : une bien triste et l'autre plus agréable.

– Je vous écoute.

– De Gaulle est mort. Nous venons de l'apprendre par un message radio de l'ambassade.

– Ah ! Et la mauvaise nouvelle ?

– Quel humour ! ricana Liliane.

Elle s'approcha si près de Philippe que sa poitrine opulente lui frôla le torse et le parfum capiteux dont elle avait abusé le prit à la gorge.

– René part demain à Nouakchott pour une semaine. Je vais être bien triste et j'aurai besoin d'être consolée par mon petit toubib préféré.

Omar ne put réprimer un gloussement.

– File dans ta chambre, crétin des Alpes !

La maison du médecin-chef Christian Renouard était l'une des plus belles de la ville de Khoum, à deux cents kilomètres au sud-est de Faedi. En poste depuis l'indépendance dans le cadre de la coopération, Renouard, âgé d'une quarantaine d'années, au physique de séducteur, avait été naturalisé mauritanien en 1965 et nommé responsable de la santé en 1968 pour la région sud du pays. Domestique, cuisinier et jardinier veillaient à l'entretien de la maison et au confort de son propriétaire.

Philippe était fasciné par les meubles en bois précieux, les tapis touaregs, les trophées de chasse et la collection de statuettes en terre cuite dignes de figurer dans un musée. Avachi dans un fauteuil, la chemisette collée à la peau, il sentait l'air conditionné caresser délicieusement son visage. Il ferma les yeux et se retrouva au bord de la mer sous une brise bienfaisante. La voix chaude de Renouard le ramena à la réalité.

– Whisky ?

– Non merci, un soda. Il faut que je sois en état de conduire.

– Comme tu veux. Et pour ton boy aussi je suppose ?

– Ce n'est pas mon boy, mais mon interprète, guide, secrétaire...

– Tout ça à la fois ! Quel âge as-tu mon grand ?

– Douze ans, monsieur.

Intimidé, Omar se tenait sagement assis, les mains sur les genoux. Le médecin-chef claqua des doigts. Un grand Noir apparut.

– Kouagou, un whisky avec des glaçons et deux sodas pour nos amis s'il-te-plaît.

Christian Renouard se tourna vers Philippe.

– Tu as bien repéré sur la carte les douze villages où le ministère veut tenter l'expérience des agents de santé communautaires ?

– Oui. Tout est clair.

– Tu penses pouvoir mener de front le dispensaire, les urgences, les vaccinations et la formation de ces analphabètes ?

– Ce ne sera pas simple, mais je suis en forme. Ça devrait aller.

– Ne présume pas de tes forces. Tu sais ce qui est arrivé à Cauchoix.

– Pas vraiment. On m'a dit qu'il avait eu un accident. Que s'est-il passé ?

– Crise cardiaque ? Somnolence au volant ? Incident mécanique ? On ne saura jamais. Il est sorti de la piste dans un virage, après une longue ligne droite. La voiture a pris feu. On l'a retrouvé carbonisé.

– C'est terrible ! On a fait une autopsie ?

– Non mais tu rêves ! Nous sommes en Afrique ! C'est déjà bien beau que la Mauritanie ait pris en charge le rapatriement du corps en France ! Par moments, ta naïveté m'inquiète. Surtout, ne circule jamais la nuit, les coupeurs de route ne font pas de cadeaux.

– Rassure-toi, je suis prudent et, de toute façon, je ne crains rien, Omar a un gris-gris.

Renouard éclata d'un rire bruyant.

– Alors il ne peut rien t'arriver !

Ils finirent leurs verres et le médecin-chef les raccompagna à la voiture.

– Donc, en principe, je passerai une fois tous les deux mois faire le point avec toi, comme pour les six autres médecins de mon secteur. Si, entretemps, tu as besoin de quoi que ce soit, tu sais que le seul moyen de communication est la radio.

Philippe s'installa au volant.

– Merci pour ton accueil.

– Bon courage, vieux.

Philippe et Omar n'échangèrent pas un mot de tout le trajet.

– C'est rare que tu sois aussi silencieux, s'inquiéta Philippe à l'entrée de Faedi. T'es malade ou tu boudes ?

– Je boude. Pourquoi tu lui as dit que j'avais un gris-gris ? Je ne te dirai plus mes secrets !

– Excuse-moi, je suis trop impulsif.

– C'est quoi impulsif ?

– Tu iras demander à Louise de te prêter son dictionnaire.

Le visage du garçon s'illumina.

– Chic alors, elle va me faire un gâteau !

Le ciel était déjà gris quand le médecin passa devant les échoppes éclairées par des lampes à pétrole au manchon rouge vif qui bordaient chaque côté de la rue principale. Une odeur de beignet frit l'accompagna jusqu'à ce qu'il prenne, sur la droite, le chemin parsemé de trous qui menait à la maison de Louise et Anselme Ceynac. Leur présence à Faedi était pour lui une énigme. Les autres expatriés travaillaient majoritairement à la mine de fer de Zermate. Exploitée par la France jusqu'à l'indépendance, elle était la principale industrie de la région et employait plusieurs centaines de personnes dont, parmi la communauté française et en dehors de Jean Bardin, René Canthi, le responsable de l'entretien du matériel, et José Otéro, le chef-comptable.

Serge Damart et sa compagne Béatrice enseignaient le français aux élèves de 8ème et 7ème de l'école primaire. Quant à John, le jeune Américain du *Peace Corps*, dont tout le monde ignorait le nom de famille, il essayait de leur donner quelques rudiments d'anglais.

Âgé de soixante-quinze ans, Anselme Ceynac était ingénieur agronome à la retraite. Ce petit homme pince-sans-rire, à la moustache à la Charlot, passait le plus clair de ses journées à entretenir un jardin potager régulièrement dévasté par les criquets, et à jouer aux dominos et aux cartes avec les vieux de Faedi, en sirotant un thé à la menthe. Anselme prétendait aussi rédiger un roman, mais son épouse ne l'avait jamais vu écrire une ligne. Louise, bien que menue et d'apparence fragile, déployait une incroyable énergie et menait de multiples activités : cours de cuisine et de peinture aux femmes du club qu'elle animait, ateliers de théâtre et de marionnettes pour les enfants de l'école dont elle gérait aussi la bibliothèque. L'entretien de la maison lui prenait un temps considérable car elle luttait en vain contre l'intrusion permanente du sable.

Philippe secoua la cloche de la porte en fer qui donnait sur le jardin, et passa devant les plants de haricots verts ravagés par les insectes. Un arôme de chocolat s'échappa de la maison lorsque Louise ouvrit la porte.

– Ah, mon petit Philippe, vous avez raison de vous impatienter ! Je ne vois pas le temps passer avec Omar.

Il l'embrassa et pénétra dans la salle à manger où le garçon était attablé devant un gâteau au chocolat.

– Louise, vous êtes trop bonne avec ce chenapan ! Il devait simplement consulter votre dictionnaire.

– Mais il l'a fait ! Il a même noté des définitions sur son cahier. Et tout effort mérite une récompense, n'est-ce pas ?

Omar enfourna la moitié du gâteau et s'essuya les mains sur son tee-shirt.

– Tata Louise…

– Quoi donc, mon chéri ?

– Vous voulez pas me prendre chez vous, tonton Anselme et toi ?

– Excellente idée, dit Philippe, et moi je prendrai ton copain Silé pour te remplacer. Il a l'air plus malin !

Omar se leva d'un bond et courut se réfugier dans les bras de Louise, avant de se figer à côté de Philippe en faisant le salut militaire.

– À vos ordres, patron !

– Il faut de la patience pour le supporter, vous savez !

– Vous êtes parfaits tous les deux ! Attendez une seconde, je vais envelopper le reste du gâteau et vous le mangerez demain matin.

Ils atteignaient la porte lorsque Louise prit Philippe par le bras.

– Je compte sur vous pour le réveillon de Noël. Tout le monde sera là.

– Avec plaisir, mais recevez nous simplement. Je vous trouve un peu pâlotte.

– Mais non. Je vais très bien.

Elle les regarda s'éloigner dans l'obscurité, gagnée par une inquiétude irrationnelle qu'il leur arrive quelque chose sur le chemin du retour.

En quelques minutes, l'ambiance de la rue principale avait changé. Les petites boutiques avaient tiré leur rideau de fer. À Faedi, sauf en période de ramadan, on ne s'éternisait pas dehors la nuit tombée. Philippe alluma sa lampe électrique. Ils arrivaient devant la maison lorsqu'Omar s'immobilisa.

– Ne me dis pas qu'il y a quelqu'un à l'intérieur.

– Si.

– Ce n'est pas Liliane, René est revenu.

Ils entrèrent silencieusement et parcoururent les pièces en balayant chaque recoin du faisceau lumineux de la lampe. Personne. Ne restait à inspecter que la chambre d'Omar. Philippe colla son oreille sur la cloison. Quelqu'un reniflait. Il ouvrit la porte et alluma la lumière. Au fond de la pièce, blottis l'un contre l'autre, vêtus d'un short en lambeaux, deux adolescents leur jetèrent un regard terrorisé.

– Demande-leur ce qu'ils font là, dit Philippe sans bouger pour ne pas les effrayer davantage.

L'aîné expliqua qu'ils habitaient un village de pêcheurs au bord du fleuve, qu'ils s'étaient aventurés trop loin et avaient été attrapés par des chameliers venus faire boire leurs bêtes. Ils voulaient les vendre comme esclaves. La nuit précédente, ils avaient profité d'un moment d'inattention de leurs gardiens pour s'enfuir et étaient arrivés à Faedi où ils avaient erré avant de se réfugier dans une maison au hasard.

– Donne-leur à boire et à manger et dis au grand qui a des marques sur les jambes…

– C'est des coups de fouet…

– Que je vais le soigner pour éviter que ça s'infecte.

Les jeunes avancèrent, à moitié rassurés. Ils dégageaient une forte odeur de chameau et de fromage.

– Et d'abord, montre-leur la salle de bains !

Philippe sortit sur la terrasse pendant qu'Omar s'occupait des visiteurs. La nuit était calme, la température commençait à devenir supportable. Il s'installa dans le rocking-chair délabré et s'efforça de garder les yeux ouverts pour ne pas s'endormir. Un quart d'heure plus tard, il trouva les trois garçons assis à une extrémité du sofa, serrés les uns contre les autres.

– On dirait trois poules sur un perchoir ! Va chercher le mercurochrome.

Pendant qu'il badigeonnait les jambes de l'aîné, il demanda à Omar s'il serait capable de retrouver la piste qui mène au fleuve.

– Bien sûr ! Je suis le meilleur guide.

– En pleine nuit, et nous roulerons tous feux éteints jusqu'aux dunes ?

Le garçon sortit un instant.

– La lune éclaire à moitié. J'y arriverai, mais ça va être difficile. Je demande une augmentation.

– Tu me coûtes déjà trop cher !

– Bon, alors, je veux consulter le dictionnaire – c'est comme ça qu'on dit hein ! – vendredi chez Louise.

– D'accord.

Omar changea de ton.

– Il faut au moins cinq heures pour aller au fleuve et revenir. Et demain, on doit partir tôt pour aller à Gourate faire les vaccinations. Tu seras fatigué.

– Je vais dormir deux heures et ça ira. Faites-en autant tous les trois.

Il regagna sa chambre et s'allongea. Il lui sembla qu'il venait à peine de s'assoupir, lorsqu'une main le secoua. Omar était à la tête de son lit.

– C'est rare que t'entendes pas la sonnerie du réveil. Il est vingt-deux heures, patron.

Philippe bâilla et s'étira longuement.

– Prépare des bouteilles d'eau et un jerricane d'essence.

Ils sortirent en silence. Les deux fugitifs s'allongèrent à l'arrière sous une couverture. La voiture s'engagea sur la voie qui menait au nord et, quelques kilomètres plus loin, contourna les grandes dunes qui masquaient la ville. Le médecin alluma les phares. Omar retira la couverture et fit signe aux adolescents qu'ils pouvaient s'asseoir. Une demi-heure plus tard, il baissa la vitre et commença à scruter les bords de la piste.

– Ralentis… je crois que c'est là… non c'est encore plus loin… Voilà, tourne à droite !

Philippe se demandait comment son guide pouvait, en pleine nuit, déceler les traces de pneus laissées par un véhicule sur la terre craquelée, seul indice de l'existence d'une piste. Après une heure de conduite, entrecoupée de fréquents arrêts pour qu'Omar examine les empreintes sur le sol, ils parvinrent au fleuve. Les deux jeunes émergèrent de leur torpeur et indiquèrent la direction à suivre pour arriver à leur village. Ils manifestèrent bientôt une excitation croissante en entendant des ânes au loin. Devant les noctambules, la masse sombre du fleuve suivait maintenant la forme d'une gigantesque épingle à cheveux. Sur la rive opposée, un feu mourant éclairait faiblement les murs en torchis de quelques huttes. Philippe éteignit les phares et coupa le moteur.

– Je ne veux pas aller plus loin et que tout le monde arrive en entendant la voiture. Dis-leur qu'ils fassent le reste à pied.

Les deux garçons détalèrent. Ils avaient parcouru une cinquantaine de mètres lorsque l'aîné rebroussa chemin. Arrivé à la hauteur du véhicule, il passa la tête par la vitre du côté conducteur et souffla quelques mots avant de repartir en courant.

– Qu'est-ce qu'il a dit ?

– Que Dieu te protège et que le diable te laisse tranquille !

– T'es sûr qu'il n'a pas dit le contraire ?

– Bon, on rentre ?

De chaque côté de l'interminable ligne droite défilait le même paysage monotone de terre argileuse craquelée et de rares épineux aux racines apparentes, brûlés par le soleil. Çà et là, des ossements blanchis de mammifères. Depuis qu'ils avaient quitté Faedi dans la matinée, les trois passagers de Philippe étaient restés silencieux. Ahmed et Omar dormaient sur le siège arrière, tandis que l'homme d'une soixantaine d'années au visage anguleux, assis à sa droite, regardait fixement la piste en égrenant son chapelet. Maire depuis l'indépendance, Ould Saya appartenait à la communauté maure qui détenait le pouvoir politique et économique à Faedi.

Le terrain devint plus accidenté et des rochers bordèrent bientôt la piste. Le maire mit son chapelet dans une poche de sa djellaba.

– Tu vois le bois d'eucalyptus là-bas, sur la droite ? Après il y a un grand virage, c'est là.

– C'est rare de trouver un bois par ici.

– C'est le seul jusqu'à Khoum.

Philippe coupa le contact.

– Ahmed, montre-nous à quel endroit précis était la voiture du docteur Cauchoix.

Ils sortirent du véhicule et l'infirmier traversa la piste au milieu du virage.

– Elle était ici, à l'envers, sur ces pierres.

– Dans quel état ?

– Toute cabossée, toute brûlée. Il a dû faire un tonneau et la voiture a pris feu.

– Comment as-tu été prévenu de l'accident ?

– Un enfant est venu en fin de matinée me dire qu'on avait retrouvé la voiture du toubib près du bois. Ma moto était en panne. Je suis allé voir monsieur Damart à l'école. Il m'a emmené tout de suite dans sa jeep. Le soir nous sommes revenus avec le maire sortir le corps.

– Il n'a pas eu de chance ce pauvre Cauchoix ! Rater le virage après une ligne droite de dix kilomètres ! Philippe fit quelques pas, perplexe. Bien, je pense que nous n'avons plus rien à faire ici. Rentrons.

Le soleil était au zénith lorsqu'ils arrivèrent en vue de Faedi.

– Patron, pourquoi vous avez voulu voir l'endroit de l'accident ?

Le médecin regarda Ahmed dans le rétroviseur. Il n'allait pas lui raconter ses états d'âme.

– Pour me recueillir.

La foule se pressait devant le dispensaire.

– Ahmed, trie les urgences pendant que je raccompagne monsieur le maire. Omar, attends-moi ici.

Ould Saya habitait en plein cœur du quartier maure une petite maison en parpaings d'un étage, d'aspect modeste. Une bande de gamins rigolards les entourèrent à leur descente de voiture.

Deux marches menaient à une porte étroite s'ouvrant sur un petit salon. Des coussins posés à même le sol cimenté étaient disposés autour de la pièce. Au centre, un tapis aux motifs géométriques hébergeait un narghilé en argent. Un vieux Noir aux cheveux gris apporta une table basse, une théière et deux verres. Le rituel du thé était exagérément long au goût de Philippe, et il se brûlait régulièrement la langue en buvant trop vite. À cet instant, il s'impatientait de voir le maire prendre son temps pour s'assurer que le thé était suffisamment infusé, avant de le verser lentement dans les verres d'une hauteur impressionnante. Ils burent les trois verres traditionnels en silence, puis Ould Saya se cala dans les coussins et fixa Philippe de ses yeux bleu acier.

– Tu ne crois pas que le docteur Cauchoix a eu un accident, n'est-ce pas ?

Il ne s'attendait pas à une question aussi directe.

– Sa personnalité m'intrigue. Quelqu'un aurait-il pu lui en vouloir ?

Ould Saya réfléchit un long moment.

– Je le connaissais mal. C'était un médecin militaire sérieux, organisé, peu bavard, assez cassant. En tout cas, je n'ai jamais entendu de critiques sur sa manière de s'occuper du dispensaire.

– Quelque chose m'étonne. Il y a deux jours, j'ai retrouvé le registre du dispensaire ouvert par Cauchoix le 5 janvier 1969. Il y notait scrupuleusement les jours et dates des consultations, ainsi que les noms des malades, leurs pathologies et les prescriptions. Il travaillait au dispensaire tous les mardis, jeudis et samedis. Il n'a jamais modifié son emploi du temps, sauf une fois, le lundi précédant le jour de sa mort, quand il a annulé la consultation du mardi en apposant un simple avis sur la porte du dispensaire. Où allait-il le mardi 28 février 1970 au matin, et pour quoi faire ?

Ould Saya alla fermer la porte et retourna s'asseoir.

– Je ne sais pas, mais je vais te donner une information que tu dois garder pour toi. Tu as bien compris ? L'instituteur qui se rendait à Faedi le matin en moto et a donné l'alerte est venu me voir le soir après la classe. Quand il est arrivé sur les lieux, la voiture était encore en flammes. Il s'est approché sans pouvoir éteindre l'incendie, ni sortir le docteur de la voiture. Ce qui l'a surpris, c'est l'intensité du feu et la très forte odeur d'essence, comme si elle s'était répandue tout autour de la voiture.

– Le réservoir a peut-être explosé sous le choc ?

– Il m'a dit « tout autour de la voiture ».

– Cauchoix aurait-il pu être victime de coupeurs de route ?

– Si tu parles des bandits qui attaquent les taxis-brousse pour détrousser les voyageurs, c'est peu probable. Ces voyous sont rarement matinaux et ne sévissent pas autour de Faedi. Mais une chose est sûre, le bois est une cachette idéale pour qui veut faire un mauvais coup.

Philippe décida de se jeter à l'eau.

– Monsieur le maire, je ne crois pas à l'accident de Cauchoix. Et vous, qu'en pensez-vous ?

– Rien.

Il raccompagna Philippe à la porte.

– Ah, une dernière chose ! Ce pauvre instituteur est mort quelques jours plus tard.

– D'un accident ?

– Non. D'un empoisonnement.

Philippe changea de pantalon et enfila une chemise propre. En se regardant dans la glace, son épaisse chevelure blonde lui parut plus claire qu'à son arrivée à Faedi. Le soleil sans doute. Il s'enduisit les cheveux de gomina en insistant sur la mèche qui masquait la cicatrice de son front, trace d'une rixe dans un bar quand il avait seize ans. Malgré le temps, il ne parvenait pas à oublier ce défaut mineur d'un visage avenant où brillaient deux yeux de jais espiègles. Après avoir hésité, il s'aspergea le visage avec la lotion au jasmin offerte par Liliane. N'était-ce pas imprudent ? Et si René avait la même ? Ce gros lourdingue pouvait-il ignorer la liaison qu'il entretenait avec sa femme ? Certes, Liliane et lui prenaient un luxe de précautions pour garder leur relation secrète, mais à Faedi, tout finissait par se savoir. « Il est d'une jalousie que tu n'imagines pas, lui avait-elle dit. S'il apprend qu'il est cocu, il me tuera… »

D'autres soucis le tourmentaient. D'abord, il n'avait pas reçu assez de doses pour vacciner tous les enfants de moins de cinq ans contre la méningite, cible identifiée par le ministère pour éviter une épidémie. Ensuite, les agents de santé communautaires se révélaient, à quelques exceptions près, corrompus ou incapables de gérer leurs caisses et, plus grave encore, incompétents dans l'utilisation des médicaments essentiels dont ils avaient la responsabilité.

Christian Renouard avait beau le rassurer en lui disant que l'Unicef acheminerait bientôt des vaccins supplémentaires, que des analphabètes avaient besoin de temps pour comprendre une organisation de soins même rudimentaire, il vivait ces difficultés comme un échec. Enfin, les circonstances de la mort de Cauchoix le hantaient. Le maire n'en savait-il pas davantage ? Qui avait empoisonné l'instituteur et pourquoi ? Et pour ajouter à ces sujets de préoccupation, plusieurs garçons d'une dizaine d'années avaient disparu depuis deux semaines. Les rumeurs allaient bon train, mais l'enquête de la gendarmerie était au point mort. Philippe avait interdit à Omar de rester seul tant que cette énigme ne serait pas résolue. Ce soir, puisque lui rentrerait au petit matin, il l'avait conduit chez son copain Silé pour y passer la nuit. Omar avait renâclé :

– Moi aussi, je veux passer le réveillon chez Tata Louise !

– Réfléchis un peu ! Tu serais le seul enfant parmi les invités. Tu t'ennuierais comme un rat mort !

Omar l'avait regardé, l'air ahuri.

– Mais si un rat est mort, il peut plus s'ennuyer !

– Tu m'embêtes. C'est comme ça. Les rats morts s'ennuient. Un point c'est tout.

Philippe sourit en repensant à leur discussion loufoque.

Le médecin arriva en vue de la maison de Louise et Anselme. Des rires bruyants lui parvinrent, comme un avertissement de la soirée qui l'attendait. « Ils doivent être déjà bien partis, ça promet ! » pensa-t-il, tenté de rebrousser chemin. Amicales ou familiales, il détestait les fêtes, et la perspective de passer la nuit avec ces expatriés le hérissait. Mais il ne pouvait pas faire faux bond à Louise et Anselme. Une guirlande poussiéreuse décorait la cloche de la porte du jardin. Il inspira profondément, comme s'il allait sauter du plongeoir, secoua la cloche et traversa le jardin.

José Otéro lui ouvrit, son inévitable béret basque sur la tête.

– *Bienvenido* toubib ! Ce soir, c'est moi le majordome.

Philippe entra dans la salle de séjour enfumée. Un rapide coup d'œil lui confirma qu'il était le dernier. Christian Renouard, dans un pantalon blanc et une chemise noire impeccables, tenait par la taille une jeune asiatique vêtue d'une minijupe en cuir rouge et d'un chemisier orange. « Très classe, persifla-t-il intérieurement, mais que cette fille est belle ! » Il échangea quelques mots avec John, le jeune volontaire américain du *Peace Corps*, puis il embrassa distraitement Liliane sur les joues avant d'enlacer Manuela Otéro.

– Eh, doucement toubib ! protesta José en riant, tandis que le père Milan, curé slovène de Khoum, à l'embonpoint et à l'accent rocailleux prononcés, regardait Philippe d'un air sévère.

– Attention, mon frrrère, tenez-vous corrrectement. Nous fêtons la naissance de Notre Seigneurrr !

– Vous êtes sûr ? Je croyais participer à une soirée libertine !

Philippe alla à la rencontre des autres invités. Serge Damart portait une chemise aux motifs incas, et sa compagne Béatrice, une chasuble péruvienne en laine de lama. Elle était en nage et s'éventait de la main.

– Alors, comment vont les révolutionnaires ?

– Moquez-vous, rétorqua Serge Damart, mais ce monde pourri n'en a plus pour longtemps.

– Certes, mais en attendant le grand soir, donnez-moi donc une coupe de champagne !

Anselme s'interposa. Il avait mis un pantalon blanc retenu par des bretelles roses, une chemise blanche et un nœud papillon bleu à pois rouges.

– Pas cette bouteille-là, elle est tiède. Je vais en chercher une autre dans le frigo. Mais dites-moi, cher guérisseur, vous me semblez bien las. Ne devriez-vous pas vous appliquer quelque cataplasme revigorant ?

– Peut-être ! Je ne chôme pas en ce moment.

Manuela Otéro aborda le sujet des disparitions de jeunes garçons. René Canthi, en bermuda et chemisette trop étroits pour sa corpulence, s'extirpa du canapé.

– Mais voyons, c'est culturel ! Il faut bien que le marché aux esclaves ait des produits frais !

Philippe le foudroya du regard. Comment Liliane avait-elle pu épouser un être aussi abject ?

– Vous en faites pas pour votre boy, toubib, c'est un malin. Ils sont pas prêts de l'attraper, intervint José Otéro.

– Je ne suis pas inquiet pour lui, mentit Philippe, mais il est grand temps que l'enquête aboutisse.

– C'est vrai que ça devient grave, acquiesça Damart. Dans ma classe de 7ème, un garçon s'est évaporé hier en plein jour en rentrant chez lui après l'école.

Béatrice s'éventa.

– Les filles ne sont pas mieux loties. Certaines sont mariées de force à douze ans…

– Mais ça aussi c'est culturel, renchérit Canthi, vous n'êtes que des idéologues bornés !

– À l'époque de la guerre civile…, commenca José.

– Assez ! le coupa Canthi, vous n'allez pas encore nous seriner avec vos souvenirs de la guerre d'Espagne !

Le Basque était vexé.

– Je suis sûr que vous auriez été du côté des fachos !

Louise sortit opportunément de la cuisine, élégante dans une robe bleu pastel.

– Ah mon petit Philippe…, il mima un baisemain et la serra contre lui, nous vous attendions.

– Comme le messie en ce jourrr béni, continua Serge Damart en imitant l'accent du père Milan.

Debout près du guéridon sur lequel il avait installé son Teppaz, Jean Bardin semblait perdu dans ses pensées. Il mit un 45 tours sur le plateau et, après quelques craquements, on entendit une voix féminine chanter les louanges de Jésus. Renouard lança un clin d'œil à Philippe.

– Dis-donc, ça swingue !

– À qui est ce disque ? s'enquit Philippe.

– À moi, plastronna le père Milan. C'est Soeurrr Sourire. Elle a beaucoup de talent. Et puis ça change d'*Il est né le divin enfant*, vous ne trouvez pas ?

– Je vous l'accorde, mais je ne suis pas sûr que ce soit plus agréable à écouter. Et le divin enfant devra attendre, il n'est que vingt-deux heures.

– Eh bien, c'est l'heure de passer à table. Louise tapa dans ses mains. Nous sommes quatorze. Je n'ai pas fait de plan de table. Installez-vous où vous voulez.

– N'importe où sauf à côté de Canthi. Qui voudrait s'asseoir à côté de ce…

– Allons, José, dit Philippe, c'est un jour de fête. Pas de dispute ce soir !

Ils restèrent tous autour de la grande table ovale à s'observer comme des coureurs cyclistes avant de lancer le sprint.

– Bon. Eh bien, moi, je m'installe, finit pas lâcher le père Milan en se laissant tomber sur un fauteuil de jardin. Docteurrr Renouarrrd, je souhaiterrrais que votre ravissante amie s'asseye à côté de moi.

– Angélique, ma chérie, tu as entendu la requête de l'homme d'Église.

La jeune femme prit place à côté du prêtre en le gratifiant d'un sourire enjôleur.

– Mais je vous préviens, mon père, n'essayez pas de la draguer !

Le curé prit un air faussement choqué tandis que fusaient quelques rires.

La nappe africaine aux couleurs vives mettait en valeur les assiettes en porcelaine de Limoges vert céladon, l'argenterie et les verres en cristal. Chaque assiette abritait un menu d'aspect parcheminé sur lequel Louise avait peint une petite aquarelle représentant un animal sauvage.

– Il n'y a que vous deux pour organiser une telle réception, dit Philippe.

– Louise, ajouta Liliane, nous ne vous connaissions pas de tels talents. Ces aquarelles sont superbes. Chéri, elle se tourna vers René, j'ai un guépard, et toi ?

– Un singe ou un chacal ! s'esclaffa José.

Canthi brandit sa fourchette en direction du Basque. Il était cramoisi sous l'effet de la colère et de l'alcool.

– Allons, intervint Renouard, ne gâchez pas la soirée avec vos enfantillages !

Jean Bardin tapota sur la table et tout monde crut qu'il allait prendre la parole. Le dîner se déroula dans une ambiance lourde, les invités peinant à trouver des sujets de conversation.

À minuit, Louise éteignit la lumière et alluma les bougies. Elle s'apprêtait à apporter la bûche quand le père Milan se leva et demanda le silence.

– Frrrères et soeurrrs, nous passons une merrrveilleuse soirrrée, mais n'oubliez pas que nous sommes réunis…

– Pour picoler, lâcha Damart.

Béatrice lui jeta un regard courroucé.

– Pourrr fêter la naissance de notre Seigneurrr. Je vais vous bénirrr et dirai une courrrte prière.

– Tu nous casses les couilles, curé, grommela Canthi, bois un coup et ferme-la !

Après la prière, les convives passèrent au dessert.

– Délicieux, Louise, vous êtes une cuisinière hors pair.

Venant de Bardin qui avait prononcé trois phrases dans la soirée, le compliment fit rougir l'hôtesse des lieux.

– Vraiment ? Vous avez aimé ? C'est une recette de ma mère. Il faut que la génoise soit légère, parfumer le chocolat à la fleur d'oranger, attention, pas trop, mais bien sûr il y a un tour de main.

Vers une heure, Louise apporta le café et Anselme les digestifs. Béatrice se redressa brusquement comme si elle avait été piquée par une guêpe.

– Nous ne pouvons pas nous quitter comme ça !

– Mais qui vous parle de partir, ironisa Renouard, on va parler politique et ça nous tiendra éveillés jusqu'au lever du jour.

– Au Pérou, continua Béatrice, nous avons rencontré un chaman qui nous a initiés à des rites secrets. Malheureusement, on ne peut pas vous les révéler.

– Vraiment dommage ! ricana Philippe.

– Mais il faut que nous sortions plus forts de notre rencontre, que nous fassions fructifier l'énergie présente en chacun de nous.

– Qu'est-ce que c'est que ce charabia ? s'inquiéta José. Et vous allez vous y prendre comment ?

– En faisant passer le fluide entre nous.

– Gente dame, dit Anselme avec gravité, Noël est une fête religieuse et cette demeure n'est pas un lupanar.

– Il ne s'agit pas de cela, rassurez-vous. D'ailleurs, Serge est très jaloux.

– Où voulez-vous en venir, Béatrice ?

– Un peu de patience, Christian. Voilà, nous allons tenir la main de notre voisin en croisant les bras, fermer les yeux et penser très fort à quelque chose que nous désirons ardemment...

– Est-ce que ce quelque chose peut être quelqu'un ?

– Mais laissez-la finir !

– Nous devons faire le vide absolu...

– Pour certains, ça ne va pas être compliqué, railla Renouard.

– Et nous concentrer sur ce que nous souhaitons voir se réaliser, mais en même temps rassembler notre énergie, toute notre volonté, pour que les souhaits de tous se réalisent et pas uniquement le nôtre. Est-ce que vous comprenez ?

– Génial ! Est-ce qu'il faut aussi invoquer le dieu Trucmuche ?

– Qui ?

– Le dieu Trucmuche, un dieu Inca.

– Vous êtes ivre, Renouard, taisez-vous, lâcha José.

– Je refuse de collaborrrer à cette manifestation impie, décréta sentencieusement le père Milan.

– Ça ne peut marcher que si tout le monde participe, dit Béatrice, au bord des larmes.

– Mon père, intervint Louise, cette expérience n'est pas contradictoire avec la foi et ça fait plaisir à Béatrice.

Tous les regards convergèrent vers le curé de Khoum.

– Bon, soupira-t-il, mais je me demande ce qu'en pense Notre Seigneurrr.

– D'après les Saintes Écritures, répliqua Anselme, le Christ était tolérant. Il verra sans doute notre petite cérémonie avec bienveillance.

Béatrice reprit espoir.

– Donc, vous avez bien compris, vous croisez les bras et attrapez la main gauche de votre voisin de gauche avec votre main droite, et la main droite de votre voisin de droite avec votre main gauche.

– Ça me rappelle un truc qu'on faisait en colonie de vacances, dit Philippe. Avec sa main gauche, il fallait tenir son oreille droite et avec sa main droite…

– Philippe, je suis obligée de vous gronder, le coupa Louise. Soyez gentil de ne pas interrompre Béatrice, le café va refroidir.

Le jeune volontaire du *Peace Corps* leva la main.

– Excusez-moi, je parle pas très bien français et j'ai pas compris tout. Que faut-il que je fais ?

– Comme nous, John. Tu fais comme nous.

Au prix de quelques contorsions, ils se mirent dans la position expliquée par Béatrice.

– Tenez fermement les mains de vos voisins et fermez les yeux. Faites le vide et au top, concentrez-vous très fort sur votre souhait et sur ceux de vos voisins pour qu'ils se réalisent.

– Mais on ne les connaît pas, dit Canthi.

– Quel thon ! susurra Otéro.

Philippe se mordit les lèvres pour ne pas éclater de rire. Il mourait d'envie d'entrouvrir les yeux pour voir la tête de Jean Bardin qui devait fulminer de participer à une telle comédie.

– Attention… Top !

On entendit le bruit des respirations et des gémissements étouffés. Philippe se remémora la seule minute de silence à laquelle il avait assisté, en mémoire d'un professeur foudroyé par une crise cardiaque en plein cours, et qui lui avait paru durer une heure.

– Top ! Vous pouvez ouvrir les yeux.

Les quatorze apprentis télépathes respirèrent profondément et secouèrent leurs bras ankylosés.

– Ah ! Je me sens légère, dit Liliane.

– Moi aussi, sourit Louise. Je ne sais pas si c'est efficace, mais en tout cas, c'est relaxant. Je vais servir le café. Anselme, occupe-toi des digestifs, veux-tu ?

– Oui, mon amour.

– On peut connaître votre voeu, Philippe ? dit Liliane après avoir avalé une veille prune.

– Vous êtes bien curieuse, Liliane !

– Attention ! Béatrice prit Philippe par le bras. Vous n'êtes pas obligé de le dire.

– Ça ne me gêne pas. Liliane, je vais vous confier mon souhait.

On aurait entendu voler un papillon.

– Je désire connaître la cause de l'accident de Cauchoix.

Un silence de plomb s'abattit sur l'assistance subitement tétanisée. Louise souffla une bougie dont la cire débordait de la coupelle et coulait sur la nappe. Étrangement, les autres bougies s'éteignirent en même temps, plongeant la pièce dans le noir. Il fallut quelques minutes à Anselme pour trouver des allumettes et les rallumer.

– Et pourquoi voulez-vous savoir ça, finit par dire Canthi. Un accident, c'est un accident.

– Votre remarque est pleine de bon sens, mais entre un pneu qui éclate, un endormissement au volant, une crise cardiaque ou un traquenard, l'accident n'est pas tout à fait le même. Mais j'ai senti le fluide passer, ajouta Philippe le plus sérieusement du monde en se tournant vers Béatrice. J'ai la certitude que mon souhait se réalisera.

Il dévisagea les autres participants.

– Eh ben, vous en faites une tête ! On dirait que vous assistez à un enterrement !

– Il faut dire que pour une soirée festive, ce sujet est un peu sinistre.

– Vous avez raison Anselme, mais maintenant – Philippe haussa la voix – place à la danse ! On pousse la table et bienvenue au *Loulou's Club*, 1 000 francs pour les garçons, gratuit pour les filles, interdit aux religieux !

– Mais qu'est-ce que vous racontez, on va pas danser sur Sœur Sourire !

– Non, mais sur Elvis, si !

Renouard sortit une pile de 45 tours d'un sac en plastique.

– J'ai fait quelques achats lors de mon dernier voyage à Nouakchott et j'ai trouvé quelques pépites.

Les disques passèrent de main en main au milieu d'exclamations enthousiastes.

– *Rock around the clock*, *Let's twist again* de Chubby Checker. Et il y a même des tangos pour Louise et Anselme !

– Mais qu'est-ce que vous croyez ? On danse le rock !

L'ambiance était enfin à la fête. Ils débarrassèrent la table en chahutant et poussèrent les meubles contre les murs. Louise était excitée.

– Ça fait tellement longtemps que je n'ai pas dansé !

Jean Bardin retira un disque de la pochette et le posa sur le tourne-disque. Après quelques craquements, les premières notes de *Good Golly Miss Molly* résonnèrent. Il poussa le volume à fond. Anselme mima quelques étirements, enleva son nœud papillon et entraîna son épouse dans un rock endiablé.

Il était six heures lorsque la fraîcheur du petit matin surprit les quatre derniers fêtards au sortir de la maison. Louise avait un fou rire tenace et ne parvenait pas à terminer ses phrases. Elle trébucha et se raccrocha au bras de Philippe.

– Ah, vraiment… vous êtes un danseur hors pair. Grâce à vous, j'ai l'impression d'avoir rajeuni. Elle s'esclaffa de nouveau.

– C'est toujours comme ça quand elle abuse de la dive bouteille une fois tous les dix ans, elle rit sans raison, soupira Anselme.

– Pas du tout ! Je ris parce que je suis heureuse, nous avons passé une soirée merveilleuse, mais je suis toute cassée. Vous avez mis une ambiance ! Danser le rock n'est plus de mon âge.

– Mais si ! Et Anselme et vous nous avez bluffés dans votre numéro de charleston, n'est-ce pas, Jean ?

– Oui, mais vous devriez rentrer. Vous allez prendre froid.

– Rien ne presse, personne ne nous attend, je veux vous accompagner jusqu'à la rue.

Ils firent une cinquantaine de mètres cahin-caha. Épuisé, Anselme s'appuya sur l'épaule de Philippe.

– Elle est têtue, vous savez.

– Louise, soyez raisonnable, vous êtes fatiguée. Il y a des trous partout et on n'y voit rien. Vous allez tomber.

– Bon, si vous vous liguez tous contre moi !

Elle leva les yeux au ciel et resta un long moment figée, comme hypnotisée.

– Vous avez vu comme les étoiles brillent !

– C'est vrai, la voûte céleste est superbe. Un beau ciel d'hiver, et comme la lune est invisible… je n'ai jamais vu la voie lactée aussi nettement.

– Mon Dieu !

– Quoi donc ?

– Les étoiles me parlent !

– Louisette, ne seriez-vous pas un peu pompette ?

– Si, mais les étoiles me parlent quand même. Attendez ! Elle scruta le ciel un long moment. Leur message est angoissant… J'ai un mauvais pressentiment…

– Je vais lui donner un Alka-Seltzer en rentrant, chuchota Anselme et ça ira mieux demain.

– Quel pressentiment ? dit Jean.

Le regard embué, Louise ne riait plus.

– Nous avons vécu un moment inoubliable, unique de convivialité qui ne se reproduira pas... Nous ne serons plus là à Noël prochain, ajouta-t-elle, le visage défait, aucun de nous, aucun.

– Allons, Louisette, vous avez le champagne triste !

– L'avenir est sombre. Mon petit Philippe, faites attention à vous ! Rentrez bien tous les deux. Allez.

Anselme prit sa femme par la taille. Ils rebroussèrent chemin en marchant de travers. À la porte du jardin, le vieil homme se retourna et agita la main. Jean Bardin alluma sa pipe. Philippe et lui se mirent en route et n'échangèrent pas une parole tout au long de la grande rue déserte et silencieuse. Le ciel rosissait lorsqu'ils arrivèrent à l'embranchement où leurs chemins se séparaient.

– Bonne nuit, Jean, si je puis dire, car elle va être courte.

– Vous aussi, Leroy. Mais avant je voudrais vous donner un conseil : ne cherchez pas à savoir ce qui est arrivé à Cauchoix.

– Et pourquoi donc ?

– L'heure est trop tardive pour de plus amples explications. Sachez simplement que vous risqueriez votre vie à jouer au détective.

– Vous ne croyez quand même pas à cette histoire d'accident ?

– Bonne nuit, Leroy.

Une semaine s'était écoulée depuis le réveillon. Ahmed passa la tête dans la salle de séjour où Philippe et Omar avalaient leur petit déjeuner.

– Ça y est, patron. Les vaccins sont dans la glacière. Je n'ai plus qu'à la mettre dans la voiture.

– Seringues, coton, alcool à quatre-vingt-dix ?

– C'est dans la malle en fer dans le coffre.

– Parfait. Dépêche-toi de finir, Omar ! On part. Tu fais une drôle de tête. Je ne t'ai pourtant pas engueulé ce matin !

– Je viens d'entendre une voiture.

Des portières claquèrent. La porte s'ouvrit, laissant place à Ould Saya et Jean Bardin accompagnés d'un Maure au visage ascétique coiffé d'un turban bleu.

– Qu'est-ce qui vous amène à cette heure ? Et qui est cette personne ? Un accident est arrivé ?

Le maire et Bardin s'assirent sur le sofa tandis que le troisième homme restait debout près de la porte.

– Rassure-toi, il n'y a pas de drame, mais tu vas devoir modifier ton emploi du temps.

– Pourquoi ?

– Le roi de Sayoun a envoyé un messager, ici présent, me prévenir que son père est gravement malade. Il demande que tu viennes l'examiner tout de suite.

– Ben voyons ! À ses ordres ! Et c'est où Sayoun ?

– Dans la province de Chintegui, à l'est de Khoum, à quatre heures de route.

– Désolé, c'est le secteur du docteur Luigi.

– Il vient d'être hospitalisé à Nouakchott. En son absence, tu es le médecin le plus proche.

– Je regrette, mais je ne peux pas chambouler tout le programme pour une personne. Je dois vacciner les enfants au dispensaire de Glémah. Nous avons mis un mois pour prévenir les populations et tout organiser. Si je n'y vais pas ce matin, les gens n'auront plus confiance et tout le travail de l'agent de santé sera décrédibilisé. Vous voyez les conséquences. J'irai à Sayoun ce soir, après la vaccination.

Ould Saya secoua la tête.

– Je comprends ta réaction, mais tu dois aller à Sayoun maintenant. Moi aussi d'ailleurs.

– Je refuse, dit Philippe calmement. Je vais à Glémah. Je serai rentré vers dix-neuf heures et repartirai aussitôt pour Sayoun.

– Tu n'as pas le choix.

– On a toujours le choix. Je refuse ce diktat.

– Je vais être plus explicite alors, soupira Ould Saya. Si nous n'allons pas immédiatement à Sayoun…

– Qu'arrivera-t-il ?

– Ce sera une telle offense pour le roi que tu auras le choix entre rentrer en France ou être assassiné.

Omar renifla, prélude habituel à une crise de larmes. Philippe se leva, les mâchoires serrées.

– Le roi m'emmerde, vous m'entendez ! Ce pays est une république ou une royauté ? Depuis quand un roitelet passe-t-il avant des centaines d'enfants ?

– Depuis toujours, et pour longtemps encore.

– Très bien. Je vais le soigner, moi, le père du roi ! Et vous, que faites-vous ici ? ajouta-t-il en se tournant vers Jean Bardin.

– J'ai été réquisitionné pour servir de chauffeur.

Tout au long du trajet, Philippe affecta le plus grand détachement, mais intérieurement, il écumait. Il voyait s'allonger la file des mères qui attendaient avec leurs enfants en plein soleil, puis l'agent de santé chercher une excuse au retard du toubib, et quand il serait évident qu'il ne viendrait plus, en fin d'après-midi, renvoyer tout le monde en disant qu'il avait certainement eu un accident, oui c'est ça, il dirait qu'il avait eu un accident. Après trois heures de route, ils quittèrent la piste qui menait à Khoum. L'homme au turban bleu prononça quelques mots en hassanya[3] à l'adresse de Jean Bardin et lui indiqua d'un geste la direction à suivre. Ould Saya, les yeux clos, psalmodiait des versets du Coran en égrenant son chapelet. Vers midi, le paysage changea et ils découvrirent un immense plateau de rocailles et terres noires. Rapidement, les points minuscules aperçus au loin devinrent des dromadaires, des chèvres, des ânes et des humains : des hommes au teint mat, coiffés d'un turban bleu enroulé autour de la tête, qui ne laissait voir que leurs yeux, des femmes en longues robes de couleurs vives et des familles noires peu vêtues, les enfants pas du tout. Quelques huttes rondes en terre séchée et aux toits de chaume rompaient çà et là l'uniformité de ce site austère.

Une dizaine de kilomètres plus loin apparurent des tentes blanches rectangulaires en toile épaisse. À l'extrémité du plateau, adossée à une falaise, se tenait une tente immense, au faîte de laquelle flottait une oriflamme verte. Un tapis en poil de chameau surmonté d'un auvent signalait l'entrée, gardée par un homme armé d'un long fusil, et portant à droite dans un fourreau brodé de fils d'argent, un poignard.

---

[3] Dialecte arabe parlé en Mauritanie.

– Nous y sommes, dit Ould Saya. Je vous préviens : le roi n'est pas sympathique.

Ils sortirent de la voiture et n'attendirent pas longtemps avant qu'un homme en pantalon bouffant les fasse entrer et les invite à s'asseoir dans une pièce séparée des autres par un épais et sombre rideau ; un tapis rugueux entouré de coussins couvrait le sol. Au centre, un narghilé et un crachoir en cuivre. Un claquement de mains retentit et, précédé d'un garde, apparut un homme bedonnant d'une cinquantaine d'années. Vêtu d'une djellaba blanche, il portait aux pieds des mules en cuir jaune et, sur la tête, un bob blanc. Avec ses petites lunettes rondes et sa barbiche en pointe poivre et sel, il ressemblait au roi Farouk.

Les visiteurs se levèrent.

– Bonjour messieurs, je vous attendais plus tôt.

– Bonjour Majesté, répondirent ensemble Ould Saya et Jean Bardin en s'inclinant. La route est difficile, ajouta le maire, nous voulions éviter un problème mécanique.

– Bonjour Votre Sérénité, grommela Philippe en restant droit comme un piquet.

– C'est vous le docteur ? dit le roi en pointant du doigt la mallette de Philippe.

– C'est moi.

– Le garde va vous conduire à la chambre de mon père.

– De quoi souffre-t-il et depuis quand ?

– Il tousse depuis une semaine. Il a une forte fièvre et respire difficilement.

– Je vais l'ausculter et lui poser des questions. Il parle français ?

– Comme vous et moi.

Le garde et Philippe disparurent derrière la tenture. Le roi frappa dans ses mains et une jeune fille voilée entra avec un plateau où s'entrechoquaient une théière et des verres, à côté d'un pain de sucre et d'une assiette de dattes. Elle déposa le plateau au milieu de la pièce, s'agenouilla et cassa le pain de sucre avec le fond d'un verre avant de le mettre dans la théière. Le roi s'affala au milieu des coussins, tandis que la jeune servante versait le thé dans les verres. Vingt minutes s'écoulèrent pendant lesquelles on aurait entendu voler une mouche.

– Il en met du temps, maugréa le souverain.

À peine venait-il de prononcer ces mots que le garde et Philippe réapparurent. Le roi se redressa légèrement et s'appuya sur un coude.

– Alors, quel est votre diagnostic ? Vous avez été bien long !

Philippe resta interloqué. Ould Saya lui jeta un regard consterné, pressentant un drame. Le médecin se concentra avant de commencer d'une voix douce.

– Voyez-vous, Sire… Majesté, ou plutôt Votre Altesse, voire Votre Altesse Sérénissime, vous me pardonnerez quelques petites erreurs protocolaires éventuelles, le diagnostic n'est pas aisé. Philippe se mit à arpenter la pièce et à déclamer. Je pourrais vous dire que la nuque raide de Monsieur votre père, la nausée permanente qui l'indispose, et quelques embarras digestifs dont il a vraisemblablement eu la délicatesse de ne point vous parler, évoquent, de prime abord, cette maladie que l'harmattan véhicule généralement en hiver et contre laquelle je devais aujourd'hui vacciner quelques centaines d'enfants qui m'ont attendu en vain toute la journée, et que l'on nomme méningite. Mais, Monsieur votre père m'a confié avoir bénéficié – Dieu soit loué ! – de toutes les vaccinations nécessaires contre cette maladie, et sa toux persistante, heureusement non sanguinolente, ses difficultés respiratoires et sa fièvre me font plutôt penser à une forte bronchite dont les antibiotiques ainsi que le paracétamol que je lui ai laissés, et qu'il devra prendre matin et soir, devraient avoir raison dans un délai d'une semaine, à condition qu'il garde la chambre. Voilà, Votre Haute Suffisance, mon diagnostic.

Philippe se planta face au roi, les bras croisés. Un court instant, une chape de plomb sembla s'être abattue sur la pièce. Puis le monarque poussa les coussins, se leva lentement, mit ses lunettes dans la poche de sa djellaba, et donna un ordre bref à son garde qui lui tendit un poignard. Livide, les yeux exorbités, il s'approcha de Philippe et lui mit la pointe du couteau sur la gorge.

– Je vais te faire ravaler ton insolence !

Impassible, Philippe soutenait son regard. Ould Saya et Jean Bardin étaient tétanisés. Le roi appuya la lame et un filet de sang se mit à couler sur la chemise de Philippe.

– Majesté, vous n'allez pas tuer celui qui a soigné votre père !

– Ne vous mêlez pas de ça, monsieur le maire, personne ne m'a jamais fait un affront pareil !

– Voyons, Majesté, vous lui avez reproché d'être bien long alors qu'il examinait consciencieusement votre père ! Il n'aurait pas dû réagir de cette manière, mais c'est une erreur de jeunesse, due aussi à la fatigue, à l'ignorance de nos coutumes…

Le roi approcha son visage de celui de Philippe qui vit sa dernière heure arriver. Mais après quelques secondes interminables, son vis-à-vis recula, le poignard ensanglanté à la main gouttant sur le sol. Il tendit le couteau au garde, remit ses lunettes et rajusta son bob.

– Dépêchez-vous de partir avant que je regrette ma mansuétude.

Jean Bardin ramassa la mallette de Philippe pendant qu'Ould Saya faisait une courbette.

Le soleil était au zénith et la chaleur suffocante. Philippe but à la gourde que lui passa Bardin. Le sang coulait toujours, maculant sa chemise et son pantalon. Il chancela et s'agrippa au maire.

– Ça va ? s'inquiéta Ould Saya.

Il hocha la tête et s'installa à l'arrière de la voiture, la tête renversée.

– Donnez-moi l'alcool à quatre-vingt-dix et du coton.

Jean Bardin s'installa au volant.

– Vous êtes sûr que ça va aller ?

– Oui, murmura-t-il, avant de s'évanouir.

Anselme entendit la cloche et vint à la rencontre de Philippe.

– Comment allez-vous ? Nous nous sommes faits du mouron !

– Ça va mieux, merci, mais je suis encore fatigué et je m'oblige à terminer mes consultations plus tôt. Qu'est-ce que c'est que ce raffut chez vous ? C'est encore la fête ?

– Une nouvelle initiative de Louise, pour célébrer l'Épiphanie !

Anselme ouvrit la porte, laissant s'échapper une odeur de pâte feuilletée aux amandes. Une dizaine de gamins assis atour de la table ovale s'empiffraient de galette. Philippe contempla la scène d'un œil sévère. Silé fronça les sourcils et retira quelque chose de sa bouche.

– Tata Louise, il y a une pierre dans la galette.

– Ce n'est pas une pierre, Silé, c'est la fève. C'est toi le roi, ajouta-t-elle en le coiffant d'une couronne en carton peinte en jaune. Les enfants poussèrent des cris de joie.

– Eh bien, Philippe, vous n'applaudissez pas le roi ?

– Vous savez, les têtes couronnées, en ce moment, je les fuirais plutôt.

– Mon Dieu, c'est vrai ! Où avais-je la mienne de tête ? Montrez-moi votre cou. Ça a l'air d'aller mieux.

Anselme claqua dans ses mains.

– Bon, les gosses, finissez vos verres, débarrassez la table et allez terminer votre galette dehors.

Les invités se levèrent en riant et se bousculèrent à l'entrée de la cuisine. Un bruit de verre brisé interrompit leur chahut. Anselme se laissa choir dans un fauteuil.

– Je crois que je vais prendre un cognac !

– À quatre heures ?

Omar s'approcha de Philippe.

– Est-ce que Silé et Ousmane peuvent venir jouer ?

– Oui, mais ne mettez pas de désordre.

Il réalisa combien cette remarque était dérisoire vu l'état de la maison. Il faut que je trouve une femme de ménage, pensa-t-il. Ça ne peut plus durer.

– Silé, viens ici !

– Oui, monsieur.

– Arrête de m'appeler monsieur, tu m'énerves.

– Oui, monsieur. Oh pardon, Philippe.

– Quand le soleil descend, Ousmane et toi vous rentrez chez vous, c'est compris ? Et toi, Omar, tu restes à la maison. Révise ta grammaire et mets le couvert. Je serai là vers sept heures.

Le garçon claqua les talons et fit le salut militaire.

– À vos ordres, patron !

Louise lui donna un sac en plastique.

– Tiens, c'est le reste de la galette. Vous la mangerez en jouant.

Les gamins partirent en courant. Louise passa un coup d'éponge sur la table.

– Au fait, je ne vous ai pas proposé de café.

– Merci, pas à cette heure. Déjà que je dors mal en ce moment.

Anselme alluma une cigarette.

– Qu'est-ce qui vous amène, Philippe ?

– Mon prédécesseur. Je voudrais savoir qui était Cauchoix.

Anselme fixa longuement le plafond comme s'il y cherchait l'inspiration.

– Svelte, musclé, ses cheveux coupés en brosse trahissaient le militaire. Il se levait, paraît-il, tôt pour faire sa gymnastique quotidienne. Il ne paraissait pas ses soixante ans. Nous ne l'avons jamais vu fumer ou boire une goutte d'alcool. Voilà pour le physique… Est-ce qu'il reste de la galette ?

– Oui, mon chou, j'en ai gardé une pour nous ce soir.

– Ça t'ennuierait de m'en donner un bout maintenant ?

– Bien sûr que non ! Vous en voulez, Philippe ?

– Pourquoi pas ?

Louise disparut dans la cuisine et revint avec la galette et une bouteille de champagne. Elle ouvrit le vaisselier et en sortit trois flûtes.

– C'est la dernière bouteille de notre réveillon et ces flûtes sont les seules qui restent du cadeau de mariage de mes beaux-parents il y a cinquante ans, sourit-elle. Toutes les autres sont cassées.

– Vous n'êtes pas raisonnable. Gardez votre champagne pour le boire en amoureux le jour de votre anniversaire de mariage.

– Que nenni, cher ami !

Anselme fit sauter le bouchon et versa le champagne à ras-bord. Puis il alla dans la cuisine remettre la bouteille au frigidaire. Philippe regardait avec une joie enfantine les bulles monter à la surface avant d'éclater et les flûtes se couvrir de buée. Louise coupa trois parts de galette.

– Mmm, elle est délicieuse.

– C'est l'amande qui fait la différence. Trinquons !

Ils levèrent leurs verres.

– À nous ! dit Anselme. Il trempa ses lèvres dans la flûte et sa moustache déborda de mousse.

– Chéri, je ne sais pas comment tu t'es débrouillé, mais tu ressembles à une otarie, s'esclaffa Louise.

– Allons bon ! Nous ferons la visite complète du zoo une autre fois car Philippe n'est pas venu pour ça. Revenons à Cauchoix. Sur sa personnalité, je ne sais ce que ma femme pourra vous dire. Vous la connaissez maintenant, elle réagit de manière affective et classe les gens en deux catégories : ceux qu'elle aime, les plus nombreux, pour qui elle tuerait père et mère – mais ils sont morts depuis longtemps heureusement – et ceux qui, sans motif apparent, lui sont antipathiques. Je crois pouvoir dire, chérie tu m'interromps si je me trompe, que le docteur Cauchoix appartenait à la deuxième catégorie.

– C'est vrai, je n'avais pas d'atome crochu avec lui.

– Personnellement, continua Anselme, je suis cartésien et je m'efforce de juger les gens sur des faits. C'est pour cela que je n'ai aucun avis sur Cauchoix. Il a toujours refusé nos invitations. Nous avons dû le voir, en tout, une dizaine de fois. Toujours courtois, prévenant même, il nous a vaccinés après les heures d'ouverture du dispensaire. C'était un médecin militaire à la retraite, auparavant en poste au Tchad et au Congo, un « vrai Africain ». Je pense qu'il aurait été, comme nous, incapable de se réinsérer en France.

– Pourquoi dis-tu ça pour nous ? Il faut que vous le sachiez, Philippe, nous avons le projet d'ouvrir un salon de thé dans le Sud-ouest où il nous reste de la famille.

– Ma chérie, dit Anselme avec douceur, tu sais bien que tu rêves. Nous ne retournerons jamais en France.

Elle fit la moue et Anselme lui passa le bras autour du cou.

– Nous ne le connaissions pas, mais nous avons eu quelques échos : compétent, honnête, très rigoureux même, il a renvoyé deux infirmiers qu'il avait surpris en train de voler des médicaments au dispensaire. Avait-il des ennemis ? Anselme resta silencieux un long moment. Otéro ne l'aimait pas, mais alors pas du tout. Je ne sais pas pourquoi. De toute façon, Otéro n'aime personne. Il paraît qu'ils n'étaient pas du même côté pendant la guerre d'Espagne. Quoi d'autre ? Cauchoix jouait régulièrement au poker le jeudi soir avec Canthi et quelques huiles locales, et il y a eu de sérieuses embrouilles. Autre chose. Les mœurs sont très libres ici, contrairement à ce que vous pourriez penser. Vous pouvez coucher avec n'importe qui, à condition toutefois de ne pas le clamer sur tous les toits et que votre partenaire soit du sexe opposé. Cauchoix était, paraît-il, un sacré coureur de jupons, mais le bruit a couru – non vérifié, j'insiste – qu'il ne détestait pas la compagnie de John, et ça…

Louise leva les yeux au ciel.

– Des ragots !

– Oui, ma chérie, mais John s'est effondré en apprenant la mort de Cauchoix.

– Mais tout le monde a été triste ! Enfin, je veux dire la communauté expatriée.

– Pas tant que ça. C'est ce qui est surprenant. Sa mort est passée inaperçue. Un simple fait divers. Mais je vois que votre flûte est vide.

Anselme se leva.

– Il exagère, dit Louise. Et comme il avait encore moins de sympathie pour le docteur Cauchoix que moi, il colporte toutes ces insanités.

Anselme revint avec la bouteille.

– Où en étais-je ? Ah oui ! La mort de Cauchoix n'a pas beaucoup perturbé notre petite communauté, en dehors du docteur Renouard qui s'est montré très affecté.

– Pourquoi dites-vous que Renouard s'est montré très affecté ? Il ne l'était pas vraiment ?

– J'ai dit ça ? Si. Il l'était certainement. Seulement, Renouard – un excellent médecin très bien noté, tant par le ministère de la Santé que par l'ambassade – nous donne quelquefois l'impression de ne pas être franc du collier.

Maintenant, je suis incapable de répondre à la question qui vous brûle les lèvres : « Le docteur Cauchoix a-t-il eu un accident ou a-t-il été assassiné ? »

Anselme finit sa flûte d'un trait.

– C'est vrai, cette question m'obsède, et je crois que j'aurais un début de réponse si je savais pourquoi il a annulé sa consultation et où il se rendait de bon matin sur la piste de Nouakchott.

– Je doute fort que vous le sachiez un jour. Il n'y a pas eu d'enquête sur la mort de Cauchoix, et vous vexeriez les autorités à vouloir réparer cette omission. Vous êtes jeune et idéaliste, mais vous ne connaissez rien à l'Afrique. Vous raisonnez comme si nous étions en France et que nos règles s'appliquent ici ! Vous avez failli vous faire trancher la gorge à cause d'une réaction inappropriée. Vous ignorez totalement le poids de la religion et des coutumes, et vous n'imaginez pas à quel point les dépositaires de la moindre parcelle de pouvoir sont susceptibles. Si Ould Saya n'avait pas été à vos côtés lors de votre visite au roi, vous ne seriez plus de ce monde.

– Vous en pensez quoi du maire ?

– C'est un type bien. Tout le monde l'apprécie, les Maures comme les populations noires. Une telle unanimité est rare.

Philippe regarda par la fenêtre. La nuit était tombée.

– Merci, vous êtes de vrais amis. Je ne m'ennuie pas, mais il va falloir que j'aille voir ce que devient Omar. Je n'aime pas le laisser seul trop longtemps.

Ils se levèrent.

– Un dernier point.

– Quoi donc ?

– Méfiez-vous de tout le monde, même de nous.

Louise haussa les épaules et se frappa la tempe de son index.

– Allons bon, et pourquoi ?

– Vous avez vu ce film d'Hitchcock où un couple qui nous ressemble – mais plus jeune – fort sympathique, se révèle être deux beaux salopards ?

– Ce ne serait pas *L'Homme qui en savait trop* par hasard ?

– Si, c'est ça ! Eh bien, ce couple c'est nous !

– Il a encore bu son champagne trop vite, dit Louise.

Philippe se demanda si Anselme plaisantait ou non.

Le jeune médecin s'étendit un moment après une journée bien remplie commencée par les consultations au dispensaire le matin, et poursuivie par la visite médicale de trois classes de l'école primaire l'après-midi. Il avait décelé peu de cas de paludisme, la saison sèche accordant un répit sur ce plan, mais de nombreux enfants souffraient de malnutrition et présentaient des brûlures ou des plaies infectées. Il avait aussi détecté plusieurs cas de tuberculose et expliqué aux maîtres la nécessité d'isoler les enfants malades de leurs camarades, mais ne se faisait pas d'illusion sur le suivi de ses consignes par les familles. À peine venait-il de s'assoupir qu'Omar frappa à la porte.

– La femme de ménage est là.

C'est vrai qu'elle doit se présenter ce soir, se souvint-il en passant un polo sur son short.

– Qu'elle attende une minute, j'arrive.

Il passa dans la salle de bains se coiffer, vérifia que sa mèche était bien en place et s'arrosa d'eau de Cologne. En entrant dans la salle de séjour il ne vit d'abord qu'une forme humaine immobile dans l'encadrement de la porte.

– Dis-lui d'avancer, je ne la vois pas.

Elle fit un pas et, comme dans un spectacle bien réglé, le soleil couchant éclaira le visage de la visiteuse : une figure juvénile gracieuse, au teint caramel, aux traits doux et réguliers, où brillaient des yeux vert amande au-dessus d'un nez légèrement retroussé et de lèvres sensuelles. La jeune fille esquissa un sourire, avant de faire un semblant de révérence en tenant le bas de sa robe. Philippe lui tendit la main et la retira prestement, se souvenant qu'il était inconvenant de serrer la main d'une femme. Comme fasciné, il croisa longuement le regard de la jeune fille qui, gênée, baissa les yeux.

Omar le ramena à la réalité.

– Qu'est-ce que t'as ? T'as jamais vu une femme de ménage ?

– Si, mais c'est la première fois que je vois une reine de beauté, dit-il en s'efforçant d'afficher un sourire charmeur.

– C'est pas la peine de faire le coq, Aïssata ne parle pas français.

– Quel beau prénom !

Omar réfréna son envie de rire.

– Je lui donne le balai et un chiffon pour qu'elle fasse un essai ? dit-il d'un ton narquois.

– C'est inutile, je l'embauche. Est-ce qu'elle peut venir deux heures, trois fois par semaine l'après-midi ? Ça devrait suffire pour faire le ménage et laver le linge.

Omar traduisit. La jeune fille acquiesça.

Philippe la raccompagna. Elle laissa derrière elle un parfum enivrant de fleurs exotiques.

– Alors ? Comment tu la trouves ?

– Très sympathique, un peu timide, peut-être. Il faudra lui dire qu'elle porte trop de vêtements pour faire le ménage ; une petite blouse légère, transparente si possible, c'est suffisant.

– Non mais ça va pas ! C'est la grande sœur de Silé. Je vais pas lui dire tes bêtises !

Habituellement, l'harmattan commençait à souffler mi-janvier, et mettait un terme à la période agréable qui débutait en novembre. Cette année 1971, le vent du Sahara était en retard. Ce premier vendredi de février, le temps était magnifique et la température, l'après-midi, aux alentours de vingt-cinq degrés. Philippe décida d'aller se promener lorsqu'Omar sortit de la salle de bains.

– Et ben ! T'es rudement beau aujourd'hui ! Pantalon blanc, chemise bleue, et je parie que t'as vidé la moitié de ma bouteille d'eau de Cologne. T'as rendez-vous ?

Omar prit l'air mystérieux.

– Non, Monsieur, et je ne vous dirai pas où je vais.

– Ne fais pas le malin. Pourquoi as-tu mis tes beaux habits ?

– Parce que je suis invité, Monsieur !

– Par qui ?

– Vous n'êtes pas mon père, Monsieur !

– Tu me l'as déjà dit cent fois et tu m'énerves. Il se passe des choses graves dans cette ville. Des garçons disparaissent. Où vas-tu ?

– Chez monsieur et madame Damart.

– Quoi faire ?

– Jouer aux cartes et aux échecs. Ils ont invité une dizaine de personnes.

– Bon, mais n'oublie pas de rentrer avant la nuit.

Il était cinq heures quand Philippe sortit à son tour et descendit les *Champs-Elysées* de Faedi. Dans ce sens, la rue principale traversait le quartier expatrié, puis le secteur habité par les populations noires, Peuls, Wolofs, Toucouleurs et Soninkés, avant de rejoindre la zone où vivait la communauté maure, et de quitter la ville. À cette heure, la rue grouillait de monde. Les petits cafés affichaient complet. Attablés devant des verres de thé à la menthe ou des sodas, des hommes jouaient à l'adjito[4], aux cartes ou aux dominos en fumant le narguilé. Des familles entières flânaient sans but. De temps à autre, des passants saluaient le toubib qui ne les reconnaissait pas mais leur rendait leurs salutations. Il adressa un signe amical à Louise et Anselme, en grande discussion avec des femmes voilées, de l'autre côté de la rue. Soudain, une dizaine de petits talibés[5] sales, maigres et le crâne rasé l'entourèrent en agitant leurs boîtes de conserve, manquant de le faire tomber. Un homme en djellaba, vociférant en hassanya, vint à son secours en brandissant un bâton. Le chahut cessa et Philippe reconnut Jean Bardin.

– Eh ben ! Vous avez de l'autorité !

– C'est depuis que je leur ai tiré dessus.

– Vous avez tiré sur les talibés ? Mais pourquoi ?

– Donnez-leur une pièce qu'ils vous foutent la paix et je vous expliquerai.

Jean Bardin rabaissa la capuche de sa djellaba.

– Où allez-vous ?

– Je n'en sais fichtrement rien.

---

[4] Jeu de stratégie simple (aussi connu sous le nom d'« awalé ») qui se joue avec des graines.

[5] Garçon confié à un marabout qui doit se charger de son éducation religieuse. Il est généralement contraint à mendier dans les rues afin de subvenir à ses besoins et à ceux de son maître.

– Ça vous ennuie si je fais un bout de chemin avec vous ?

– Pas du tout.

Ils s'arrêtèrent devant une petite échoppe boire un thé et croisèrent les Canthi.

– Vous êtes en beauté Liliane, dit Philippe en lui baisant la main.

– Flatteur, susurra-t-elle pendant que René le fusillait du regard. Il prit sa femme par la main et l'entraîna de l'autre côté de la rue.

Jean Bardin et Philippe continuèrent à déambuler.

– Donc, un jour, j'étais en train d'écouter la Chaconne de Vitali jouée par Jascha Heifetz que je tiens pour le plus grand violoniste du siècle.

– Sur votre Teppaz ?

– Oui. C'est le moment qu'ont choisi des talibés pour frapper à ma porte. J'ai vu rouge et j'ai pointé mon revolver sur eux.

– Vous n'avez pas tiré !

– Si. J'avais oublié qu'il était chargé. Je m'en suis aperçu quand le coup est parti. C'est un miracle que je ne les ai pas atteints. En tout cas, depuis, je suis tranquille.

– J'imagine !

– Je peux supporter beaucoup de choses, mais pas qu'on me dérange quand j'écoute de la musique.

Tout en discutant ils se retrouvèrent bientôt à la sortie de la ville.

– Un petit sentier sur la gauche mène à un promontoire rocheux d'où l'on a une jolie vue. Dans une demi-heure le coucher de soleil devrait être assez beau. Ça vous inspire ?

– Allons-y. J'ai rarement l'occasion de l'apprécier.

Quelques minutes plus tard ils s'assirent sur une grande pierre blanche encore chaude. L'endroit était envahi de grosses fourmis qui suivaient un chemin erratique d'une extrémité à l'autre de la pierre.

– Celles-là ne nous feront aucun mal. Seules les petites rouges piquent et leur morsure est douloureuse, croyez-moi.

Jean Bardin enleva sa djellaba et alluma sa pipe.

– Je mets ce déguisement quand je me promène le vendredi après-midi pour ne pas être reconnu, sinon les gens m'apostrophent et je passe mon temps en salamalecs.

– Drôle de ville, drôle de gens. Pourquoi des Occidentaux viennent-ils vivre ici ?

– Et vous?

– Le hasard. Je voulais me rendre utile après avoir obtenu mon diplôme de médecin en pensant que ce serait une bonne expérience avant de m'installer. J'ai posé ma candidature au ministère de la Coopération pour une mission de deux ans en indiquant « lieu indifférent ». Début août, on m'a notifié mon affectation à Faedi. Et voilà ! Je ne connaissais rien du pays.

– Ça s'est vu !

– Que faut-il en attendre ?

– Du pays ? Rien. C'est sans espoir. Analphabétisme et corruption seront encore là dans cent ans !

– Vous êtes d'un pessimisme !

– Pas du tout. Je suis lucide. Ça n'empêche pas que vous puissiez être utile. Vacciner, soigner, ça vous pouvez le faire, mais prétendre que des analphabètes vont pouvoir gérer des pharmacies, c'est une utopie !

– Je partage votre avis. S'ils savaient écrire et compter ce serait plus facile. Mais vous ne m'avez pas répondu. Qu'est-ce qui motive des Occidentaux à vivre ici ?

Jean Bardin tira quelques bouffées de sa pipe.

– À part ce pauvre représentant du *Peace Corps* qui doit renseigner Oncle Sam sur ce qu'il comprend de la situation politique, c'est-à-dire rien, la présence des autres Occidentaux s'explique par le fait que ce sont des ratés, et qu'ici leur nullité se remarque moins. Je nuance : des ratés ou des idéologues comme les Damart qui s'imaginent que la graine de la révolution va germer ici.

– Admettons. Mais Louise et Anselme ne sont pas des ratés !

– Si, mais sympathiques, c'est la seule différence.

Il s'interrompit, et tous deux regardèrent le ciel rougir à l'ouest, avant de virer au gris en quelques minutes. Du haut de leur observatoire, les lampes à pétrole des échoppes de la rue principale se muèrent en lucioles rouges.

– Quant à vous, vous êtes un gamin idéaliste qui sera rapidement rapatrié sanitaire dans le meilleur des cas, ou dans un cercueil dans le pire, lâcha Jean Bardin. Êtes-vous conscient d'avoir frôlé la mort lors de notre visite au roi ?

– Je vais être franc. Je n'en menais pas large. Le médecin secoua les jambes pour chasser les fourmis qui grimpaient sur son pantalon. Depuis quand vivez-vous à Faedi ?

– Bientôt dix ans.

– Votre isolement me laisse perplexe. Vous avez construit votre maison à l'écart, comme si vous fuyiez la terre entière. Qu'êtes-vous venu chercher ici ?

– La tranquillité.

– Il y a peut-être des endroits tranquilles plus agréables ?

Jean se leva.

– Il fait nuit, Leroy. Vous allez bientôt vous inquiéter pour votre factotum. Il est temps de rentrer.

Philippe sentit que son interlocuteur se refermait comme une huître, et qu'il n'en saurait pas plus.

– Vous avez raison. Je n'aime pas le savoir seul tant que les disparitions n'auront pas cessé. À votre avis, les marchands d'esclaves sont responsables ?

– Hum… ce n'est pas certain. Il y a tellement de cinglés ici, entre les pseudo sorciers, marabouts, féticheurs et autres esprits dérangés. Je ne serais pas surpris que des rites sacrificiels soient à l'origine de ces disparitions.

Subitement, Philippe se reprocha d'avoir autorisé Omar à se rendre chez les Damart. Il prit congé de Jean et courut jusqu'à la maison.

Un soupir de soulagement ponctua la vue du pantalon blanc et de la chemise bleue jetés en vrac sur le sofa. Les vêtements dégageaient une forte odeur de tabac.

– Omar ?

Il n'obtint pas de réponse mais l'entendit parler dans la salle de bains. Philippe frappa à la porte.

– Tu t'es bien amusé ?

– Très bien.

Au bout d'un moment, il cria de la salle de séjour.

– Tu ne vas quand même pas rester une heure sous la douche ! Tu sais bien qu'il faut économiser l'eau !

– Ça va, ça va. Je sors.

Il perçut un bruit, comme si Omar se cognait aux murs, puis un claquement de porte. Le garçon fit irruption, trempé et nu comme un ver.

– C'est quoi cette tenue ? Va mettre un short !

Il revint en bougonnant, en marchant de travers, et s'affala sur le sofa.

– Que s'est-il passé chez les Damart ?

– Rien, tenta-t-il d'une voix faible, les yeux clos.

– Omar, tes habits sentent le tabac et toi l'alcool.

– Bon. Ça s'est pas très bien passé.

– C'est-à-dire ?

– D'abord ils avaient invité que des grands, tous de quinze, seize ans… j'étais le plus jeune… monsieur Damart nous a fait un discours… j'ai rien compris… « nous sommes le vin des masses populaires… ».

– Le levain.

– Peut-être… « le système est pourri… il faut faire la révolution… une société nouvelle… ».

– Quel charabia ! Damart est cinglé, murmura Philippe. T'as joué aux échecs ?

– Même pas ! Mais il nous a appris à jouer à la pelote.

– La belote.

– Non, la pelote.

– Si tu veux. Qu'avez-vous mangé ?

– Des gâteaux secs… très secs ! Sa femme avait une drôle de robe qui traînait par terre. Elle a allumé des bâtons qui sentaient bizarre et faisaient beaucoup de fumée… Le grand frère d'Ousmane a demandé à monsieur Damart s'il avait des cigarettes. J'en ai fumé une… j'ai bu un peu de bière… bon d'accord… deux bouteilles et…, Omar ouvrit les yeux, j'ai vomi dans la salle de bains.

– C'est pas grave, soupira Philippe. On reparlera de tout ça tranquillement demain.

– Quand je suis parti, il m'a demandé combien tu me payais… « C'est un scandale ! » il a fait avec une grosse voix… il faut que je te demande une augmentation… Les autres sont restés… Il a encore dit que la réunion était secrète et qu'il arriverait malheur à ceux qui parleraient.

– Quel imbécile !

– Mais j'ai pas peur. J'ai mon gris-gris.

– Bon, va te coucher maintenant.

– D'abord, est-ce que je peux voir l'argent ?

– Quel argent ?

– Mes économies, que tu mets dans une enveloppe et que tu me donneras quand tu partiras.

Omar se leva difficilement et suivit Philippe dans sa chambre. Le médecin souleva une pierre rectangulaire et prit la petite boite qui se trouvait là. Il en sortit une enveloppe jaune au nom d'Omar et lut à voix haute :

– « Septembre : 20 000, octobre : 20 000, novembre : 20 000, décembre : 20 000, janvier : 20 000. » Vérifie que tout y est ! ajouta-t-il d'un ton ironique.

– Non, j'ai honte.

Le chauffeur gara la voiture à l'ombre du vieux figuier. Cet arbre, vénéré par la population, était le seul de son espèce à avoir résisté au climat infernal, au sol stérile et aux chèvres insatiables.

Christian Renouard descendit du véhicule, se recoiffa, secoua son pantalon saupoudré de sable et alluma une cigarette. Philippe sortit de la nouvelle pharmacie et vint à sa rencontre.

– En voilà une surprise ! Tu as fait bon voyage ?

– Excellent, merci, mais cette poussière rouge s'infiltre partout.

– C'est pénible en effet. Et encore, aujourd'hui, l'harmattan ne souffle pas trop fort.

Ils parcoururent quelques mètres et Christan Renouard émit un sifflement admiratif.

– Félicitations ! Cette construction est superbe !

– Oui, les maçons ont fait du bon boulot. Entre, je vais te faire visiter les locaux.

Le bâtiment sentait encore la peinture. Deux jeunes menuisiers en salopette bleue, un crayon sur l'oreille, installaient des étagères. Philippe resta pétrifié.

– Qui a mis une étagère à dix centimètres du plafond ? C'est pour décorer ?

– Non, patron, dit l'un des jeunes en étouffant un début de fou rire.

– Mais je ne ris pas, moi ! Est-ce que vous avez quelque chose dans le ciboulot ?

– « Ciboulot » n'est peut-être pas très approprié, sourit Renouard.

– Tu as raison. Avez-vous quelque chose dans la tête ? Vous croyez que c'est pratique une étagère là-haut ? Ils vont me rendre fou !

Ils firent le tour des trois pièces.

– Ici, je vais mettre un bureau et une chaise métalliques quand l'ambassade voudra bien me les livrer. Là, je vais installer l'armoire de l'ancienne pharmacie.

– Que vas-tu faire de l'ancien bâtiment ?

– Une salle de repos pour les mères après un accouchement difficile ou pour les malades qui ont besoin d'une surveillance particulière, je ne sais pas encore. Il faudrait une maternité et un hôpital, Khoum est trop loin.

– Oui, mais il n'y a pas de budget pour construire les bâtiments et pour payer du personnel compétent.

– En parlant de personnel, je suis sûr qu'Ahmed vole des médicaments et les revend au marché.

– Sans doute, mais tous les infirmiers font pareil. Tu ne pourras pas l'en empêcher.

– Je l'ai prévenu que si je le prenais sur le fait…

– Tu feras quoi ?

– Je lui casse la tête !

– Et après ? Tu crois qu'on va nommer un infirmier honnête à sa place ? Ça n'existe pas mon vieux ! Quelle autre solution as-tu ? Prendre un agent de santé communautaire qui ne sait ni lire ni écrire ? Ahmed est à peu près sérieux, selon les critères du pays s'entend. Il vaut mieux qu'il détourne quelques boîtes de médicaments et te seconde convenablement plutôt que d'aller au clash. Nous ne sommes pas en France, Philippe, mets-toi bien ça dans le crâne !

– J'ai du mal parfois.

– Tu ne pourras tenir ici que si tu fermes les yeux sur quelques écarts de conduite. Je suis venu à l'improviste – excuse-moi, je n'ai pas pu te prévenir – pour faire le point. Mais je ne vois pas ton petit bonhomme ? Comment va-t-il ?

– Très bien ! Il est en train de trier les médicaments dans l'ancienne pharmacie.

– Je lui ai apporté un livre, *Les Aventures de Tom Sawyer*.

– C'est sympa. Allons chez moi.

Philippe décapsula deux bouteilles de jus de fruit.

– Désolé, mon frigo déconne. Ça va pas être frais.

– Ce n'est pas grave. Dis-moi, avant de parler boulot, comment vas-tu ?

– Aussi bien que possible. J'ai dû perdre une dizaine de kilos depuis mon arrivée, ce qui est bénéfique. C'est plutôt moralement que j'ai un coup de mou. Il se prit la tête dans les mains. Il y a tellement de problèmes à résoudre, je ne sais plus par où commencer.

– J'ai connu ça aussi en arrivant. Essaye de te limiter strictement à ta mission médicale. Je suis sûr que tu réagis à chaque injustice, à chaque dysfonctionnement.

– Oui, c'est un travers.

– Le pays est tellement différent ! La religion, les cultures, les coutumes ! Et n'oublie pas que « oui » n'a pas nécessairement le même sens que chez nous. Si l'on ajoute la situation politique chaotique, le tableau n'est guère séduisant. Tu sais qu'il vient d'y avoir une tentative de coup d'État ?

– Non, on est au courant de rien ici.

– Un groupe de jeunes officiers voulait faire la révolution, sur le modèle de Nasser. Ça n'a pas traîné. Ils ont tous été fusillés il y a deux jours. Et la purge continue dans l'armée. Venons-en au médical. Quel bilan tires-tu de ton action après six mois ?

– Un bilan mitigé. Je suis en train de rédiger un rapport. En résumé, je suis assez content des consultations au dispensaire qui augmentent régulièrement, même si quelques fois il y a tellement de monde que je ne peux pas voir tous les patients. Ahmed essaye bien de trier les urgences, mais ce n'est pas toujours évident, surtout quand les enfants arrivent avec une forte fièvre. Il y a tellement de causes possibles.

– As-tu assez de médicaments ?

– Oui, le problème c'est leur utilisation. Je pense qu'Omar traduit correctement la posologie, mais que font les patients analphabètes une fois rentrés chez eux ?

– Quelles sont les principales urgences ?

– C'est très variable : des accouchements difficiles, des morsures de serpents, des plaies infectées, des brûlures, des pathologies pulmonaires de cause inconnue, de moi en tout cas. Souvent aussi, on amène les patients trop tard. De toute façon, dans quatre-vingt-dix pour cent des cas, les gens vont d'abord voir le guérisseur et ne viennent au dispensaire que lorsque la médecine traditionnelle a échoué.

– C'est pareil ailleurs.

– La semaine dernière, j'ai soigné une adolescente dont la jambe était gangrénée. Figure-toi que le guérisseur avait appliqué un mélange d'excréments de zébu et de feuilles d'acacia sur sa plaie à vif !

– Ça ne me surprend pas. Et les vaccinations ?

– Je suis plutôt satisfait, sauf quand je suis obligé de reporter la séance à cause d'un connard !

– Je suis au courant.

– J'ai presque fini de vacciner la population cible contre la méningite et je vais bientôt commencer la rougeole.

– Tu arrives à respecter la chaîne du froid ?

– Difficilement. On sort les doses des frigos du dispensaire au dernier moment et on les met dans la glacière.

– Venons-en au volet le plus délicat : les agents de santé communautaires.

– Ah ! La trouvaille du siècle ! Je ne sais pas qui a eu cette idée géniale.

– Des experts de l'OMS.

– J'aimerais que ces braves gens m'accompagnent pour une séance de formation ! Sur les douze villages où l'expérience est en cours, seulement deux agents semblent avoir compris les objectifs du projet et gèrent leurs caisses à peu près convenablement. Il ne suffit pas qu'ils aient été désignés par les villageois et aient reçu une formation de quinze jours pour faire disparaître leur analphabétisme !

– Les problèmes sont les mêmes partout où l'expérience est tentée. Crois-moi, ton bilan est plutôt positif. J'espère que tu ne travailles pas le vendredi ?

– Non. Enfin je fais quelques exceptions.

– Ce n'est pas raisonnable. Si on vient te déranger pendant ton seul jour de repos, tu ne tiendras pas encore un an et demi. Dans quelques mois, ce sera la saison des pluies. Non seulement les cas de palu sont légion à cette époque, mais les pistes deviennent impraticables. Les oueds débordent. Des gens meurent noyés. C'est une période stressante, ménage-toi, mon vieux. Bon, il faut que j'y aille si je veux être rentré avant la nuit.

Philippe suivit le médecin-chef jusqu'à sa voiture.

– Tu sais que si tu as le moindre problème, tu peux me joindre par radio.

– Oui. Merci de ta visite.

Christian Renouard prit place à côté du chauffeur et baissa la vitre.

– Un dernier point : arrête de chercher les causes de l'accident de Cauchoix. Je sais que ça te tarabuste, mais tu perds ton temps. Tu es suffisamment occupé ! Et puis, Renouard passa la tête par la vitre et baissa la voix, on m'a fait comprendre en haut lieu qu'il serait dangereux pour toi de continuer d'enquêter. Je ne peux pas t'en dire plus. On perd la vie pour des broutilles ici. Un bon conseil, Philippe, chasse Cauchoix de tes pensées. Allez, bon courage mon vieux et n'oublie pas de donner son bouquin à Omar !

Renouard remonta la vitre. La voiture démarra, laissant Philippe songeur.

La dernière semaine de février avait été particulièrement éprouvante. L'harmattan battait son plein et rendait la conduite automobile périlleuse. En plein jour, il faisait presque nuit et, même avec les phares, il devenait difficile de se repérer sur les pistes balayées en permanence par le vent de sable. Philippe ne devait qu'au sixième sens d'Omar d'avoir retrouvé la piste menant à Faedi en rentrant de Tagoun après avoir effectué un contrôle inopiné de la caisse tenue par l'agent communautaire. Compte tenu des médicaments restants, il manquait la moitié de la recette, et l'excuse de l'agent selon laquelle des rats avaient mangé les autres médicaments – « dans une malle en fer fermée avec un cadenas ? » avait dit Philippe – l'avait mis en fureur.

Cette période de l'année coïncidait aussi avec une augmentation brutale des méningites et maladies respiratoires pour le traitement desquelles il se sentait impuissant. Il avait transformé l'ancienne pharmacie en hôpital de fortune. Des enfants comateux y côtoyaient des vieillards moribonds.

Et puis, les disparitions de garçons continuaient. On venait de retrouver deux corps dénudés, sans tête, ce qui signifiait que Jean Bardin avait vu juste : les marchands d'esclaves n'étaient pas en cause. Cette macabre découverte avait causé un émoi considérable et une manifestation devant la gendarmerie avait dégénéré en émeute.

Ce vendredi, Philippe aspirait à se changer les idées. La dictée hebdomadaire qu'il donnait à Omar lui ferait oublier ses préoccupations.

– T'es prêt ?

Concentré, le stylo pointé sur son cahier, le garçon hocha la tête.

Philippe allait et venait dans la salle de séjour, tel un maître expérimenté.

La neige tombait à gros flocons, recouvrant la terre d'un grand manteau blanc…

– Pas si vite ! Omar tirait la langue, un tic lorsqu'il écrivait. Il se redressa. Ça ressemble à quoi la neige ?

– À du coton froid. Tu y es ?

– Vas-y.

Le loup avait faim, et ses petits plus encore…

– Ça veut rien dire !

– Ne commence pas à m'interrompre tout le temps et applique-toi ! *La bête s'approcha de la maison…*

Omar posa son stylo.

– Tu sais ce que j'ai rêvé cette nuit ?

– Non.

– Que j'embrassais une jolie fille !

– Veinard !

– Mais non ! Son ton devint grave. J'ai fait un rêve bizarre : c'était une nuit sans lune, il faisait très chaud, des étoiles brillaient dans le ciel, des étoiles rouges qui tremblaient, d'abord quelques-unes, puis de plus en plus ; le ciel était rempli d'étoiles rouges, c'était beau et effrayant en même temps… et d'un seul coup, c'était le jour, il faisait toujours aussi chaud, le soleil était rouge en plein midi, des gouttes de sang ont coulé du soleil dans le sable, quelqu'un était allongé, je suis sûr que je le connaissais mais je n'ai pas pu voir sa tête. Ludo est arrivé très vite et puis il a ralenti et a commencé à pleurer... de grosses larmes de sang. Je me suis réveillé en sueur.

– Tu as fait un cauchemar.

– Je me demande ce que ça veut dire.

– Rien j'espère. Des étoiles rouges ça n'existe pas.

– Pourquoi tu dis ça ? Tu n'en sais rien !

Des bruits de pas sur le sol de la véranda interrompirent leur conversation. Philippe ouvrit la porte avant que le visiteur se fasse connaître. José Otéro était essoufflé.

– Bonjour, toubib. Excusez-moi de vous déranger votre jour de repos, mais Manuela est malade. Est-ce que vous pouvez venir ?

– Qu'est-ce qu'elle a ?

– Elle n'arrête pas de vomir, elle a de la fièvre.

– Je prends ma mallette et je vous suis. Omar, en attendant que je revienne, révise l'accord du participe passé avec l'auxiliaire avoir.

– Encore ?

Il entrait chez les Otéro pour la première fois. La croix verte et blanche sur fond rouge du drapeau accroché au mur opposé à la porte d'entrée renseignait immédiatement le visiteur sur l'identité culturelle du propriétaire. Otéro enleva son béret, frappa à la porte de la chambre et fit signe à Philippe qu'il pouvait entrer.

– Alors ? interrogea le Basque un quart d'heure plus tard quand le médecin ressortit.

– Rien de grave a priori. Ça m'a tout l'air d'une gastro-entérite compliquée d'un début de bronchite. Diète aujourd'hui, riz demain, qu'elle boive beaucoup et prenne trois comprimés d'antibiotiques par jour pendant une semaine. Je vous laisse la boîte.

– Merci, toubib, me voilà soulagé. Je vous dois quelque chose ?

– À moi non, mais au dispensaire oui. Cent francs pour les médicaments.

– Voilà. Vous prendrez bien un petit verre de liqueur basque avant de partir ?

– Pas à cette heure, merci ! Et pour ne rien vous cacher, j'ai gardé un souvenir cuisant de cette liqueur pendant les fêtes de Pampelune il y a trois ans.

– Je n'insiste pas. Mais asseyez-vous une minute, j'ai quelque chose de confidentiel à vous dire. Quand vous avez mis en doute la thèse de l'accident de Cauchoix au réveillon, tout le monde a feint la surprise. Bande d'hypocrites ! Il se serait endormi au volant en arrivant dans le virage ? Personne n'y croit ! Cela dit, c'était un drôle de type, Cauchoix. En fait, on ne le connaissait pas bien. Il n'était pas très liant. Un médecin militaire à la retraite, consciencieux, inflexible, toujours ponctuel, assez secret... il paraît qu'il menait une vie personnelle agitée... qu'il était à voile et à vapeur, des rumeurs ont couru sur ses relations avec John.

– Je sais tout cela.

Philippe s'impatientait. Il avait le sentiment qu'il n'apprendrait rien d'intéressant et qu'Otéro lui parlait de Cauchoix pour le remercier de s'être déplacé pendant son jour de repos.

– Ce que vous ne savez sans doute pas, José baissa la voix comme s'il craignait que des oreilles indiscrètes ne les écoutent, c'est que Cauchoix jouait au poker tous les jeudis soir avec quelques personnages influents de la ville : le directeur de l'école coranique – c'est bizarre, hein ! parce que le Coran interdit le jeu, je crois –, le colonel de gendarmerie, et d'autres parmi lesquels, Canthi. Philippe était excédé, il voulait rentrer pour terminer la dictée d'Omar. Il paraît que René picolait fort lors de ces soirées et qu'il a perdu beaucoup d'argent. Une semaine avant sa mort, Cauchoix et lui se sont violemment disputés. Cauchoix a exigé que

Canthi lui rembourse sa dette de jeu et ils ont failli en venir aux mains.

– Et ensuite ? soupira le jeune médecin.

– Cauchoix est mort le matin du 28 février 1970. Tiens, c'est drôle, ça fera un an aujourd'hui. Ce jour-là, Canthi est arrivé à l'usine en début d'après-midi, alors qu'il commençe d'habitude à neuf heures. Comment je le sais ? Vers midi, j'ai eu besoin de le consulter pour une question d'amortissement du matériel. Il n'était pas là. Il est venu me voir l'après-midi, quand il a su que je l'avais cherché. Je vous assure qu'il n'était pas dans son assiette. « J'ai eu des problèmes mécaniques ce matin. » il a bredouillé pour expliquer son absence. Voilà. Je vous ai dit tout ça parce que je sais que la mort de Cauchoix vous tracasse et que je ne voudrais pas que vous partiez dans une mauvaise direction.

– Vous ne l'aimez pas beaucoup, Canthi, n'est-ce pas ?

– J'ai toutes les raisons de le détester vous voulez dire ! Ce porc s'est permis de faire des avances à Manuela. Non mais pour qui se prend-il ?

– S'il est lucide, pas pour Don Juan !

Philippe mit la main sur la poignée de la porte. Otéro le retint.

– J'ai gardé le plus inquiétant pour la fin : Canthi a fait cinq ans de prison pour un braquage qui a mal tourné, il y a une vingtaine d'années.

– Qui vous l'a dit ?

– J'ai mes entrées à l'ambassade. Méfiez-vous, il est dangereux.

– Merci, José, et prévenez-moi si l'état de Manuela ne s'améliore pas dans les trois jours.

Sur le chemin du retour, Philippe était perplexe. Pour un peu, le Basque lui aurait dit que Canthi était Jack l'éventreur. Quelque chose ne collait pas. Liliane lui disait tout des turpitudes de Canthi, du moins le croyait-il. Lui aurait-elle caché cet évènement marquant du passé de René ? À moins qu'elle-même ne soit pas au courant ? Ou alors, Otéro lui racontait des bobards ?

En posant sa mallette, il entendit des murmures. Il ouvrit la porte et se trouva nez à nez avec Silé, Ousmane et un troisième garçon de leur âge.

– Bonjour Philippe, dit Silé. Est-ce qu'on peut voir Omar ?

– Il est dans sa chambre. Allez-y, mais ne faites pas de bruit, je voudrais me reposer. Qui est ce jeune homme ?

– Aminou, le fils du colonel de gendarmerie.

Il avait des bajoues et l'œil vif d'un colin froid. Des gourmettes en or pendaient à chacun de ses poignets et il tenait un sac débordant de jeux de société.

– Ton papa sait que tu es chez moi ?

– Oui docteur. Aminou lui tendit une main molle.

– Prévenez-moi avant qu'il fasse nuit, je vous raccompagnerai.

Silé chuchota quelques mots à l'oreille d'Ousmane qui fut gagné par le fou rire. Du même âge qu'Omar et Silé, c'était le clown de la bande. Roulant des yeux, enchaînant les mimiques, changeant de voix, il était capable d'interpréter tous les rôles et faisait se tordre de rire ses camarades. Doté d'un sens aigu de l'observation, il ridiculisait toute une galerie de personnages en restituant leurs tics, surtout ceux des différents maîtres qu'il avait eus en classe, plus soucieux de les étudier eux que les matières qu'ils enseignaient. D'ailleurs, depuis quelques mois, Ousmane faisait l'école buissonnière. Il voulait faire du théâtre mais, ce soir, Philippe pressentait qu'il ne goûterait guère ses talents d'acteur. Il jugea plus prudent de se munir de boules Quiès et allait les mettre lorsqu'on frappa à la porte. « Je vais craquer !» pensa-t-il en ouvrant. John, un livre à la main, avait les yeux rougis d'un insomniaque.

– Je peux entrer un instant ?

– Ça dépend. Que veux-tu ?

– Je voudrais savoir si tu veux bien étudier la Bible avec moi.

– Pardon ?

– Je voudrais que tu lises la Bible avec moi.

Philippe lui jeta un regard exaspéré et le prit fermement par le bras.

– Non !

– Tu ne veux pas vivre éternellement ?

– Surtout pas. Dégage !

Il claqua la porte et leva les yeux au ciel. « Seigneur ! En quoi t'ai-je contristé pour mériter de telles épreuves ? »

Il lui sembla qu'il venait de s'assoupir, lorsqu'il se sentit observé. Quatre paires d'yeux le dévisageaient. Il retira les boules Quiès dans un état second et s'étira longuement.

– Il va bientôt faire nuit, patron.

– Déjà ? Je vais me passer un peu d'eau sur la figure et on part.

Comme souvent le soir, l'harmattan s'était calmé, et il put rouler avec les lanternes. D'autorité, Aminou s'était installé à côté de lui, son sac sur les genoux. Les trois autres avaient pris place à l'arrière. Silé et Ousmane habitaient la même concession, en plein cœur du quartier peul. En entendant la voiture dans la ruelle, Aïssata sortit de la case où logeaient Silé et sa famille. Elle lui adressa un signe furtif et, en dépit de l'obscurité, il crut déceler un sourire engageant sur le visage de la jeune fille. Son cœur se mit à battre la chamade. Il attendit un long moment que la ruelle se vide de toute présence humaine avant de se résigner à repartir.

Le colonel de gendarmerie avait fait construire pour sa nombreuse famille une grande maison de deux étages en parpaings cernée d'un mur de trois mètres de hauteur à la limite du quartier maure. Philippe s'arrêta devant le portail où deux gendarmes patibulaires montaient la garde. Aminou lui demanda d'attendre une minute. Il disparut à l'intérieur de la cour tandis qu'une meute de chiens entourait le véhicule. Omar passa devant.

– Il va demander à son père de t'inviter à prendre le thé. Refuse !

– Pourquoi ? s'étonna Philippe qui voyait là l'occasion d'interroger le colonel sur les progrès de l'enquête concernant les disparitions de garçons.

– Je t'expliquerai à la maison.

Aminou réapparut.

– Mon père vous invite à prendre le thé.

– C'est très gentil, merci. Malheureusement j'ai du travail et je dois me lever tôt demain. Ce sera pour une autre fois.

Ils laissèrent le colin froid stupéfait. Comment pouvait-on refuser une invitation du colonel de gendarmerie ?

Il faisait nuit noire. La ville avait perdu son animation du vendredi. Les dernières échoppes fermaient. Les rares adolescents marchaient en groupe, silencieux, pressés de rentrer.

– Puisque c'est vendredi, on va prendre un soda, dit Philippe.

Omar fila dans la cuisine et revint avec deux bouteilles.

– Pourquoi m'as-tu empêché d'accepter l'invitation du colonel ?

– Parce qu'il t'aurait demandé de lui donner des médicaments. Tu n'aurais pas été content. T'es fatigué, tu te serais énervé.

– Parfois, tu n'es pas totalement idiot. Mais pourquoi as-tu invité son fils ?

– Mais c'est pas moi ! C'est Ousmane qui lui a dit de venir. Je ne l'aime pas, Aminou. Mon meilleur ami c'est Silé.

– C'est vrai qu'il est sympa ton copain. Et puis sa grande sœur fait bien le ménage.

– Eh ben, dis-lui !

Des pas résonnèrent dans la véranda. Philippe se prit la tête dans les mains.

– Entrez, entrez qui que vous soyez, dit-il d'une voix exagérément guillerette. C'est vendredi, c'est porte ouverte ! Ah, monsieur le maire ! Nous n'attendions plus que vous !

– Je suis désolé de te déranger pendant ton jour de repos, surtout à cette heure, mais j'ai besoin de ton aide.

– Que puis-je pour vous ?

Ould Saya paraissait exténué.

– Ton travail est fatigant, mais le mien aussi.

– Je n'en doute pas.

– Si tu savais tous les rôles que je dois jouer en dehors de ma fonction de maire : médiateur, conseiller familial, juge de paix… mais voilà ce qui m'amène. Ça fait déjà quelques semaines que le représentant du *Peace Corps* perd la tête.

– Je sais. Il est venu cet après-midi me raconter des sornettes. Je ne l'ai pas très bien reçu.

– Le pauvre garçon est là depuis un an, seul. Ils ne se rendent pas compte au *Peace Corps* ! Envoyer des jeunes comme ça tout seuls. Il supporte très mal la solitude.

– Je devrais peut-être l'inviter de temps en temps, discuter avec lui, mais quand ? Le vendredi il faut que je décompresse.

– Tu n'as rien à te reprocher ! Tu ne fais pas partie du *Peace Corps*. Sa vie se limite à donner des cours d'anglais à des enfants qui ne parlent déjà pas français. Et il n'a aucun ami parmi les maîtres. Bref, il commence à tenir des propos incohérents et à avoir un comportement dangereux pour lui-même. Hier, il a brandi une bible en pleine classe en disant que les musulmans devaient se convertir. Il a failli être lynché. S'il n'est pas rapatrié rapidement aux États-Unis, il va continuer sa croisade et dans quelques jours il sera lapidé.

– Et vous voulez que je fasse un certificat médical à l'appui de son rapatriement ?

– Exactement !

– Il faut d'abord que je le voie. Si l'examen confirme son état, j'indiquerai qu'il est dépressif. Je suppose que ça devrait suffire pour justifier l'interruption de son contrat.

– Je te propose d'aller ensemble chez lui demain matin à sept heures, avec deux gendarmes. On ne sait jamais comment il peut réagir. Il paraît qu'il a un poignard et qu'il a menacé de s'en servir si on voulait l'empêcher de prêcher la bonne parole.

– Pauvre garçon…

– J'ai réservé un taxi et je préviendrai l'ambassade américaine par radio pour qu'ils viennent l'accueillir à son arrivée. Bon, je vais te laisser. Mais avant de partir, dis-moi comment tu vas.

– Bof, moyennement. Trop de choses se télescopent. Par moments, je ne sais plus où j'en suis.

– Mais heureusement, je suis là ! Omar leva les bras à la manière d'un tribun qui harangue la foule.

– Quel numéro, je vous assure ! Mais c'est vrai, sans lui je me demande comment je ferais.

Omar s'agita sur sa chaise.

– Je peux vous poser une question, monsieur le maire ?

– Bien sûr !

– Est-ce que des étoiles rouges, la nuit, ça existe ?

– En voilà une question ! Et pourquoi me la poses-tu ?

Le garçon regarda Philippe.

– Eh bien, vas-y !

– J'ai fait un cauchemar. Au début c'était la nuit… il faisait très chaud, le ciel était rempli d'étoiles rouges… C'était beau et en même temps ça me faisait peur.

Ould Saya hocha la tête.

– Je n'ai jamais vu d'étoiles rouges…

– Ah tu vois ! s'exclama Philippe.

– … mais mon père si, une fois. Il m'en a parlé quand j'avais ton âge.

Ould Saya renversa la tête, allongea les jambes et se concentra longuement, les yeux dans le vague. Puis il commença à parler, d'une voix méconnaissable comme si quelqu'un d'autre habitait son corps :

– L'apparition d'étoiles rouges est concomitante d'évènements graves. Elle est le signe d'un grand désordre dans la nature et les comportements humains. Ce phénomène dure quelques jours. Après, tout redevient apparemment normal mais le destin de certains hommes change brutalement, on découvre leur vraie personnalité, certains acquièrent des pouvoirs surnaturels et accomplissent des exploits, d'autres commettent des crimes. Les étoiles rouges sont un révélateur de nos forces et de nos faiblesses, un rappel de la lutte éternelle du bien et du mal et que chacun d'entre nous est partie prenante de ce combat sans fin.

Ould Saya resta un long moment immobile, en apnée. Puis il dévisagea Omar et Philippe comme s'il ne les connaissait pas et ne savait plus où il se trouvait. Il fallut quelques minutes pour que sa respiration et son regard redeviennent normaux. Il se tourna alors vers Omar.

– Ne t'inquiète pas. On rêve parfois d'évènements qui n'arrivent jamais.

Philippe raccompagna le maire à la porte.

– Je viendrai te chercher à sept heures moins le quart. Bonne nuit.

Ils attendirent que la moto d'Ould Saya s'éloigne avant de sortir sur la terrasse. Encore abasourdis par la métamorphose du maire, ils scrutèrent le ciel. Les étoiles scintillaient de leur couleur argentée rassurante.

En rentrant du dispensaire, Philippe se souvint qu'Omar était chez Louise pour le restant de l'après-midi. Aïssata chantonnait dans la salle de bains. Il s'approcha sans bruit, ouvrit brusquement la porte et s'avança vers elle, les mains en avant, en grognant et roulant les yeux, à la manière d'un monstre assoiffé de sang. Passé un instant de stupeur, la jeune fille éclata de rire et le gratifia d'un coup d'éponge sur la tête. Il n'avait qu'une envie : arracher sa blouse, caresser sa peau, couvrir ses lèvres de baisers et se fondre dans ce corps qu'il désirait ardemment depuis le premier jour où il l'avait vue.

– Je t'ai fait peur ?

Elle ne réagit pas.

– Est-ce que tu as peur ? répéta-t-il.

Elle secoua la tête.

– Non ! Pourquoi ?

– Tu chantes bien, dit-il en se versant un peu d'eau de Cologne sur le visage.

Elle en profita pour filer dans la salle de séjour. Il se regarda dans la glace. Les joues creuses, des cernes sous les yeux, les cheveux en bataille, il n'avait rien d'un séducteur. Quels sentiments éprouvait-elle à son égard ? Il se recoiffa, sortit de la salle de bains et s'installa dans un fauteuil où il fit mine de s'endormir. Elle épousseta quelques meubles en l'observant du coin de l'œil et reprit sa chanson, apparemment indifférente à sa présence. En passant près de Philippe, elle lui épousseta le nez avec son plumeau en riant aux éclats. À la seconde, il lui saisit le bras, se leva comme s'il était monté sur ressorts, et l'attrapa par les jambes. Elle était légère comme une plume et eut beau se débattre, la porter dans sa chambre fut un jeu d'enfant. Il referma la porte d'un coup de pied énergique et la déposa délicatement sur le lit comme un paquet fragile pendant qu'elle le martelait de coups de poing. Elle fit mine de résister lorsqu'il lui retira sa blouse, mais cessa rapidement de se débattre et le laissa achever de la dévêtir. Il contempla son corps parfait avant de forcer ses lèvres et de l'embrasser fougueusement, comme un amoureux sevré qui peut enfin s'épancher. Après s'être déshabillé et allongé à ses côtés, il commença à caresser toutes les parties de son corps, en s'attardant sur les plus sensibles. Sa peau était d'une infinie douceur ; elle exhalait le même parfum qu'il avait humé le soir de leur première rencontre. Inerte, les yeux clos, elle ne réagissait pas et semblait évanouie. Il ne voulait pas précipiter les choses mais brûlait de désir. Lorsqu'il posa les lèvres sur ses seins, elle entrouvrit les yeux et laissa échapper quelques larmes. Décontenancé, il se redressa. Voyant qu'il hésitait, elle lui sourit et ouvrit grand les bras. Il s'y engouffra. Dès qu'il épousa son corps, elle se mit à gémir et à trembler. Il patienta autant que la montée de son désir le permettait avant d'écarter délicatement ses jambes et de pénétrer avec délice dans l'objet de sa convoitise. Elle lui enfonça ses ongles dans les reins en haletant pendant qu'il accélérait la cadence de ses mouvements, jusqu'au moment où elle rejeta brutalement la tête en arrière en poussant un cri. Ils restèrent longtemps immobiles et ce fut elle qui reprit ses esprits la première. « Tu m'aimes ? » dit-elle dans un souffle avant de le couvrir de baisers et de s'allonger sur lui.

Il était vingt heures quand Philippe arriva chez Louise et Anselme pour récupérer Omar.

– Louise commençait à s'inquiéter, dit-il lorsqu'ils furent rentrés. Tiens, Aïssata n'a pas lavé par terre. Il alla dans sa chambre. Et elle n'a pas balayé chez moi. Elle était distraite aujourd'hui ?

– Très distraite. Assieds-toi.

Cette injonction précédait toujours la révélation d'une nouvelle importante. Omar s'assit sur sa chaise, le buste droit, les mains sur les genoux, le masque impassible.

– Aïssata est arrivée aujourd'hui dans une blouse légère très attirante… elle était encore plus belle que d'habitude… On en avait envie tous les deux… on est allés dans ma chambre… Et voilà !

Omar regarda Philippe d'un air soupçonneux.

– Tu l'aimes vraiment ?

– Bien sûr !

Il n'était pas fier de son mensonge. Mais comment expliquer à Omar que l'attirance physique qu'il éprouvait pour Aïssata était déconnectée de tout sentiment amoureux ? Il ne pouvait pas lui dire pourquoi il n'avait jamais éprouvé d'attachement pour ses partenaires successives, en dépit de tous ses serments contraires.

– Je t'ai fait confiance en te racontant ça, continua-t-il, mais tu comprends que c'est un secret qui doit rester entre nous.

– Mais elle a déjà dû tout raconter à ses parents !

Philippe blêmit.

– Alors je ne la verrai plus.

– Mais si ! Ils sont gentils ses parents. Seulement il y a un problème.

– Quoi donc ?

– Il faudrait qu'elle continue à faire le ménage !

Début mars, la fin de l'harmattan coïncida avec une succession d'évènements qui bouleversèrent la communauté expatriée.

Réunir quelques adolescents le vendredi pour préparer secrètement, du moins le croyaient-ils, la révolution prolétarienne, ne suffisait plus aux Damart. Ils convainquirent une poignée d'ouvriers travaillant à la mine de fer qu'ils étaient exploités et devaient exiger le doublement de leur salaire. Cette revendication fut suivie d'une tentative de grève générale qui déplut fortement à la direction. Ses initiateurs ayant été rapidement identifiés, les Damart furent priés de quitter le territoire. « Vous vous plaignez d'avoir vingt-quatre heures pour faire vos bagages, mais vous ne savez pas la diplomatie dont j'ai dû faire preuve pour vous éviter la prison ! » leur dit Ould Saya.

Seuls les regrettèrent leurs collègues de l'école primaire qui se retrouvèrent avec des classes surchargées.

Puis Anselme tomba malade. Louise s'interrogeait depuis quelques jours sur les causes de son manque d'appétit et de son amaigrissement. Elle s'inquiéta le soir où il commença à tousser et à cracher du sang. Le lendemain matin, Philippe se rendit à son chevet avant sa consultation.

– Je peux rester dans la chambre pendant que vous l'auscultez ? dit Louise.

– Si vous n'y voyez pas d'inconvénient, je préfèrerais que vous attendiez dans la salle de séjour.

Il sortit de la chambre une demi-heure plus tard. Avant même qu'il prenne la parole, Louise avait lu dans son regard.

– C'est grave, murmura-t-elle, les mains nouées.

– Peut-être pas, mais il faut qu'il passe une radio des poumons.

Elle s'effondra en larmes.

– C'est injuste… il avait fait tous ses vaccins…

– Allons, allons, il est trop tôt pour s'alarmer. Il est possible que ce ne soit qu'une bronchite aiguë ou un virus. L'harmattan véhicule tellement de saletés. Pour en avoir le cœur net, il faut qu'il fasse cette radio.

Louise se ressaisit.

– Mais où ?

– Je vais appeler Christian pour savoir si on peut la faire à Khoum et, dans ce cas, on organisera son déplacement. J'ai expliqué tout ça à Anselme. Il est solide comme un roc, vous savez. Et vous aussi, hein ?

Elle s'efforça de sourire. Il l'embrassa avant de se rendre à la radio, située dans un local attenant à la poste, près de la mairie. Il y mettait les pieds pour la première fois.

– Docteur Leroy, je comprends que vous avez une urgence, lui dit l'opérateur, mais je dois respecter le règlement. Vous voyez, il y a un registre pour les appels donnés ou reçus. C'est simple. À chaque page correspond une journée. Donc, à la page du 31 mars 1971, c'est-à-dire aujourd'hui, vous devez inscrire votre nom, celui de la personne que vous voulez joindre, la ville et le motif de votre appel.

– Très bien.

Philippe griffonna à la hâte les renseignements demandés. L'opérateur fronça les sourcils comme s'il avait du mal à lire. Il ânonna :

– Doc… teur… Re… nouard… hô… hô… pital de Khoum…

– Oui, le docteur Renouard, vous le connaissez je suppose.

– Evidemment ! Tout le monde connaît le docteur Renouard !

– Alors, appelez-le s'il vous plaît, c'est urgent.

– Je dois d'abord vous dire que le coût de la communication est de cent francs la minute.

– Je n'ai pas d'argent sur moi. Je vous réglerai demain. Maintenant, appelez le docteur Renouard.

– Ah, mais je ne peux pas faire crédit.

Philippe le prit par le col et le plaqua contre le mur.

– Ecoute-moi bien. Si tu n'appelles pas le docteur Renouard immédiatement, je te réduis en bouillie !

L'homme maugréa quelques mots en hassanya et appuya sur un bouton avant de tourner une manette. On entendit des grésillements et une voix résonna.

– Allo ! Bonjour. Ici l'hôpital de Khoum.

Philippe prit le micro.

– Bonjour. Ici, le docteur Leroy à Faedi. Je dois parler au docteur Renouard. C'est urgent.

– Je vais voir s'il est disponible.

L'opérateur se massait le cou en jetant un œil mauvais à Philippe. Quelques longues minutes plus tard, il entendit la voix de Christian.

– Allo ! Comment vas-tu mon vieux ?

– Moi bien, mais c'est Anselme qui ne va pas ! Il crache du sang. Je crains une tumeur au poumon. Est-ce que ta radio fonctionne ?

– Malheureusement non, elle est en panne depuis quinze jours. La seule solution est de l'hospitaliser à Nouakchott.

L'état d'Anselme ne lui permettait pas de supporter le voyage en voiture. Il fallut une semaine pour régler les problèmes administratifs liés à l'envoi d'une ambulance de la capitale. Cent kilomètres après avoir quitté Nouakchott, le véhicule heurta de plein fouet un camion militaire. Envoyer une autre ambulance rapidement était impossible. De toute façon, la santé d'Anselme s'aggrava, ce qui rendit tout transport inenvisageable. Il était épuisé par une toux quasi continuelle que les sédatifs ne parvenaient pas à stopper et crachait du sang à chaque quinte. Vers la mi-avril, il commença à souffrir si intensément que Philippe dut se résoudre à lui administrer de la morphine. Il ne mangeait plus et ne buvait que le bouillon de légumes préparé par Louise. Elle passait le plus clair de son temps assise au pied du lit à lui donner la liste des gens qui demandaient de ses nouvelles, et à remettre en place les oreillers qui lui permettaient de rester assis. Jean Bardin et Philippe avaient transporté le sofa de la salle de séjour dans la chambre, afin qu'elle puisse rester la nuit à son chevet.

Inexplicablement, son état s'améliora fin avril, et il put recevoir la visite de quelques-uns de ses vieux partenaires aux dominos.

– Eh bien, dit un soir Philippe, d'une voix enjouée, ça va mieux, votre température a même baissé.

– C'est le chant du cygne, mon ami... Je suis lucide... Omar est là ?

– Oui, à côté, avec Liliane et Manuela. Ils tiennent compagnie à Louise.

– C'est bien. Il faudra continuer de l'entourer. Dites à Omar de venir et laissez-nous seuls une minute.

Le garçon entra précautionneusement.

– Omar, ouvre le tiroir et sors la montre… Je te la donne. D'ici peu, je n'aurai plus besoin de savoir l'heure. C'était un cadeau de mon père quand j'avais ton âge. Je la réservais à quelqu'un d'autre, mais le destin en a décidé autrement. C'est une montre de très bonne qualité… Ne la perds pas.

– Tonton…

Si disert d'habitude, Omar était incapable d'aligner deux mots.

– Ne dis rien. File, mon garçon.

Deux jours plus tard, Anselme tomba dans le coma. Le rythme de sa respiration s'accéléra. Au coucher du soleil, il ouvrit les yeux et regarda brièvement Louise et Philippe. Puis il bougea les lèvres, mais aucun son ne sortit de sa bouche. Louise prit sa main et lui sourit. Il respira de plus en plus faiblement, puis plus du tout.

À l'aube le surlendemain, la tête basse et le pas lourd, l'âne-corbillard se présenta devant la maison. Un coup de vent fit tinter la cloche de la porte du jardin, comme un adieu facétieux. Soutenue par Philippe et Jean, les yeux rougis, Louise hochait la tête mécaniquement en recevant les condoléances des autorités politiques et religieuses. Marhoum et trois vieux amis d'Anselme sortirent le cercueil de la maison et le placèrent sur la carriole. Dans un silence impressionnant, le convoi se mit en route. Au bout du chemin qui menait à la grande rue, Ludo tourna à droite. Au fur et à mesure qu'il progressait en direction du cimetière, des familles entières rejoignirent le cortège. Lorsqu'il arriva à destination, une foule nombreuse était rassemblée. Le père Milan récita une prière et bénit le cercueil. Louise s'approcha du trou béant où l'on venait de le déposer et resta figée un long moment. Puis elle lança un petit bouquet de fleurs du jardin dans la fosse, ces fleurs qu'Anselme avait eu tant de mal à protéger de la voracité des insectes.

Durant la semaine qui suivit l'enterrement, Louise affronta avec courage les visites de condoléances de la population. Des délégations d'enfants qu'elle avait régalés de gâteaux et initiés à diverses activités artistiques lui apportèrent des petits cadeaux, dessins ou objets en bois qui la touchèrent profondément. Les membres de la communauté expatriée se relayèrent pour dîner avec elle tous les soirs. Elle donna le change en étant d'humeur égale avec tous, riant même aux facéties d'Omar, mais Philippe n'était pas dupe. Il s'inquiéta ouvertement lorsque Louise commença à ranger la maison de fond en comble et à brûler une quantité invraisemblable de documents qu'Anselme et elle avaient amassés pendant leurs vingt années à Faedi. Un soir où Philippe l'aidait à faire le tri, elle tomba sur un classeur qui contenait les premiers chapitres du roman dont Anselme parlait de temps à autre, sans qu'elle lui en ait vu rédiger la moindre ligne : *Le Retour des dinosaures*. Il avait écrit une trentaine de pages qu'elle feuilleta rapidement avant de les mettre dans la pile des archives à brûler.

– Vous ne voulez pas les lire ?

– À quoi bon ! J'aurais voulu connaître la fin.

– Louise, tout ce grand rangement…, vous avez l'intention de rentrer en France ?

– Non, qu'y ferais-je ?

– Alors, où voulez-vous partir ? J'ai l'impression que vous préparez votre déménagement.

Elle avait changé de conversation sans que Philippe ose revenir à la charge.

– Louise m'inquiète, dit-il un soir où les Otéro avaient invité les expatriés et où elle seule avait décliné l'invitation.

– Moi aussi, dit Manuela, mais que pouvons-nous faire ?

– Rien. Louise nous a déjà quittés, asséna Jean Bardin. C'est sa décision, laissons-la tranquille.

Le lendemain, Philippe se rendit chez Louise avant sa consultation. Il agita la cloche à plusieurs reprises avant qu'elle vienne à sa rencontre, à petits pas, un pauvre sourire aux lèvres.

– Bonjour, mon petit, mais ce n'était pas prévu que vous passiez ce matin.

– En effet, Louisette, mais je voulais vous faire un petit coucou avant d'aller travailler. Dites-moi la vérité. Comment ça va ?

– Très bien. Je crois que tout est en ordre.

– C'est-à-dire ?

– Eh bien, j'ai fait le ménage en grand et j'ai mis les documents importants dans le classeur vert. Je vous ai montré où je l'ai rangé, n'est-ce pas ?

– Oui, dans le tiroir du bas de la commode. Vous ne voulez pas venir dîner à la maison ce soir ? Omar fera des beignets à la banane, c'est sa spécialité.

– Non merci, mon petit. Embrassez-le pour moi. Je préfère rester seule maintenant.

– Comme vous voudrez.

Il la serra contre lui longuement avant de partir. Elle resta devant la porte du jardin et lui fit un signe quand il se retourna au bout du chemin.

La consultation lui sembla durer une éternité. Il expédia les derniers patients et termina vers quatorze heures. Habituellement, Omar et lui rentraient à pied du dispensaire mais, ce jour-là, il demanda à Ahmed de les raccompagner en moto. Ils mangèrent sans appétit et sans un mot. En fin d'après-midi, Philippe prit les clés de la voiture.

– Où vas-tu ?

– Voir Louise.

– Mais tu l'as déjà vue ce matin. Je peux venir avec toi ?

– Non. Lis en attendant mon retour.

Il roula rapidement, gara la voiture au bout du chemin et fit le reste à pied. Il renonça à secouer la cloche et resta quelques instants dans le jardin à humer le parfum enivrant des lys avant de frapper à la porte. N'obtenant pas de réponse, il entra dans la salle de séjour.

– Louise ?

Il jeta un coup d'œil circulaire et tendit l'oreille. Aucun bruit, hormis le ronronnement du frigidaire. Il passa devant le bureau et s'arrêta devant la porte ouverte de la chambre.

– Louise, vous vous reposez ? dit-il sans conviction.

Il répéta pourtant la question avant de pénétrer dans la pièce. Allongée sur le lit, dans la robe qu'elle portait le soir du réveillon, les mains le long du corps, Louise paraissait dormir paisiblement. Il s'approcha à pas feutrés et vit ses yeux grands ouverts fixer le plafond.

– Dors en paix, Louisette, murmura-t-il après s'être recueilli quelques instants.

La pièce n'avait plus son aspect habituel. Elle était vide de tous ses bibelots, et même les tableaux avaient été enlevés. Soudain, il eut le sentiment fort et angoissant d'une autre présence humaine. Sur la commode, face au lit, un cadre auquel était accroché un brin de buis jaunâtre contenait une photo. Un garçon d'une douzaine d'années en aube blanche, une croix en bois sur la poitrine, souriait à l'objectif d'un photographe dont la signature apparaissait en bas à droite, en dessous de la date – 11 mai 1927 – à peine lisible. Philippe dévisagea longuement le premier communiant et fut frappé de stupeur, tant sa ressemblance avec lui au même âge était saisissante. « Ce n'est pas possible, se dit-il, c'est moi il y a quinze ans. » S'il n'avait pas eu la certitude, hormis cette impossibilité chronologique, de ne pas avoir fait sa première communion, il aurait été convaincu que c'était lui. La coupe de cheveux en brosse, les traits du visage, le regard malicieux, le petit sourire moqueur, le nez retroussé, tous ces détails lui rappelaient la seule photo de lui au même âge. Il scruta longtemps le miroir qui lui renvoyait brutalement un sombre passé. Pourquoi Louise et Anselme ne lui avaient-ils jamais parlé de cet enfant ? Qu'était-il devenu ? Le buis accroché à sa photo ne laissait guère de doute sur son sort.

Bouleversé, il faillit quitter la pièce sans remarquer l'enveloppe à son nom sur la table de nuit. En état de choc, il la prit et l'emporta dans la salle de séjour.

Mon petit Philippe,

Anselme et moi avions décidé de ne pas vous parler du drame de notre existence : la mort par noyade de notre fils unique Jérôme, à 12 ans, trois mois après sa première communion. Je suis sûre que vous lui ressembliez énormément au même âge. Pardonnez-moi si j'ai pu vous donner l'impression d'avoir une attitude maternelle à votre égard. J'ai le sentiment que l'affection que je vous ai portée était réciproque. Votre histoire familiale y est peut-être pour quelque chose. Vous avez toujours gardé le silence à ce sujet malgré mes tentatives pour essayer d'en savoir un peu plus sur vous. Je ne vous en fais aucun reproche. Vous aviez le droit de garder vos secrets, comme ce fut le cas pour Anselme et moi. Certaines blessures sont trop douloureuses pour prendre le risque de les ranimer.

Ne soyez pas triste, je pars en paix. Profitez de la vie mais faites attention à vous, ce pays est dangereux.

Embrassez Omar pour moi.
Je vous serre dans mes bras.

Louisette

Mon testament est dans le classeur vert.

Philippe était sonné. Comme s'il avait reçu un coup sur la tête qui ramenait à la surface les années sombres enfouies au plus profond de lui. D'abord, l'enfer des dix années passées à l'orphelinat et ses brimades quotidiennes. Ensuite, sa quête obstinée et vaine pour connaître ses origines. L'Administration lui avait dit que ses parents étaient morts dans un bombardement à Rouen. Lorsqu'il avait demandé leurs noms afin de consulter l'état civil, la version avait changé : on l'avait trouvé dans la rue, âgé de quelques jours, abandonné. Il avait donc été déclaré « né de père et mère inconnus ». « Alors qui m'a donné mon prénom et ce nom de Leroy ? » avait-il rétorqué sans obtenir de réponse. Longtemps, les circonstances de son abandon supposé l'avaient obsédé. À défaut de vrais parents, qui étaient ses géniteurs ? Propagée par un surveillant sadique, la rumeur avait circulé dans l'orphelinat qu'il était né de la relation coupable d'une fille de joie avec un officier de la Gestapo. De rage, il avait cassé une bouteille sur le crâne du pervers, ce qui lui avait valu d'être catalogué comme fou et transféré, à douze ans, dans un centre psychopédagogique. Là, bourré de tranquillisants, le garçon vif et mince était devenu amorphe et bouffi. Aucun contact avec l'extérieur n'était possible dans cet univers kafkaïen. Par chance, une femme médecin comprit que son cas ne relevait pas de la psychiatrie. Elle remua ciel et terre pour qu'il intègre un internat catholique réputé dont il fugua pour errer et commettre une série de larcins qui le conduisirent devant le juge pour enfants. Clément, et contre l'avis du procureur qui voulait l'envoyer en centre de redressement, le juge le plaça dans un petit foyer où, pour la première fois, il rencontra des éducateurs dignes d'exercer la profession. Bien que toujours irascible, souvent pour des broutilles, un sentiment d'injustice profondément ancré en lui, il mit à profit ces trois années de stabilité pour étancher sa soif de connaissance. Il rattrapa son retard scolaire, et fit preuve d'une telle volonté que l'un de ses professeurs trouva une solution pour financer ses études de médecine.

Philippe venait de tout revivre, comme un film en accéléré. Après avoir hésité, il décida d'emporter la photo de Jérôme. En croisant à nouveau le regard du premier communiant, il se rappela la discussion sur la réincarnation que Louise avait lancée un soir. « La religion catholique m'interdit d'y croire, avait-elle dit, mais des choses étranges se produisent parfois qui me font douter. »

Il fallut des semaines à Philippe et Omar pour émerger de l'affliction où les avait plongés la mort d'Anselme et de Louise. Heureusement, la présence quasi quotidienne d'Aïssata pendant cette période difficile leur fut d'un grand secours. Philippe put s'abandonner sans retenue dans ses bras accueillants. La jeune fille avait pris de l'assurance et sans même que Philippe le lui ait demandé, gérait seule les tâches matérielles de la maison. Elle ne se contentait plus de s'occuper du ménage et de laver le linge, mais faisait les courses et préparait le dîner sans, toutefois, le partager avec eux puisque, pour des motifs incompréhensibles pour Philippe, son père continuait d'exiger qu'elle rentre avant la nuit.

– Je ne pourrai jamais la payer pour tout ce qu'elle fait en plus, avait dit Philippe un soir.

– Oui, surtout ce qu'elle te fait en plus, avait ricané Omar.

Ce jour-là, Aïssata décida de faire le ménage en grand et, pour la première fois, de secouer les coussins du sofa dehors. Dans un nuage de poussière, une photo tomba par terre. Après l'avoir examinée, Philippe appela Omar.

– Regarde ça et dis-moi ce que tu vois.

– Une photo en noir et blanc… deux couples de Blancs sont devant un bananier. Un des hommes porte un casque colonial comme les toubabs n'en mettent plus, même toi. Ils sont tous en bermuda. Les dames sont jolies. Derrière, on voit la mer.

– C'est tout ?

– Attends… un des hommes… on dirait… mais oui, c'est monsieur Bardin plus jeune… beaucoup plus jeune…

– Tu ne remarques rien d'autre ?

– Non.

– Regarde bien Jean Bardin.

– Il sourit !

– Exact ! L'as-tu déjà vu sourire ?

– Ah non !

– Eh bien, nous avons ici une photo où Jean Bardin et une jolie femme à ses côtés sourient, comme le couple avec eux.

– Et alors ? Tous les photographes demandent aux gens de sourire !

– Oui, mais les personnes sur cette photo ont l'air vraiment heureuses. Maintenant, retourne-la et que lis-tu ?

– C'est difficile, c'est écrit au crayon… très petit. « Jean et Marielle Bardin… Lucie et Éric Cauchoix… Pointe Noire… 12 décembre 1953. »

– Donc, Jean et Cauchoix se sont connus au Congo avant de se retrouver à Faedi.

– Et alors ?

– Et alors, Jean ne me m'en a jamais parlé, et je me demande bien pourquoi.

Jean Bardin regarda la photo sans émotion apparente.

– Si je reconnais les gens ? Evidemment ! Il y a ma femme et moi, Cauchoix et son épouse. En revanche, je ne me souviens plus où elle a été prise. Elle doit avoir près de vingt ans. Voilà. C'est vous qui l'avez trouvée. Elle est à vous, je vous la rends.

– Vous ne voulez pas la garder comme souvenir ?

– Non.

– Jean, pourquoi ne m'avez-vous jamais dit que vous connaissiez Cauchoix ?

– Pourquoi aurais-je dû vous le dire ? Vous vous prenez pour qui ? Inspecteur ? Juge d'instruction ? Vous cherchez toujours l'assassin de Cauchoix ? Et vous vous dites : « Bardin et Cauchoix se connaissaient il y a vingt ans. Est-ce qu'il n'y aurait pas un lourd secret entre eux ? Bardin n'aurait-il pas attendu le moment propice pour se venger ? » De quoi d'ailleurs ? Mais peu importe ! « Et puis c'est étrange qu'il n'ait pas assassiné Cauchoix dès son arrivée à Faedi. Pourquoi a-t-il mis un an pour mettre son projet à exécution ? Et puis tout ça est compliqué parce que le jour du crime – maquillé en accident bien sûr – Bardin était à son poste, à cinquante kilomètres, ce dont cent cinquante personnes pourraient témoigner, donc il a dû demander à un complice de faire le sale boulot, mais qui et en échange de quoi ? »

– Je ne vous accuse de rien, mais admettez que...

– Mais moi je vous accuse de commencer à m'emmerder singulièrement. Occupez-vous de votre boulot et de rien d'autre. Je vous l'ai déjà dit d'ailleurs.

– Très bien. Mais une remarque quand même. Vous souriez sur cette photo. Vous semblez heureux. Alors qu'aujourd'hui...

– Eh bien, je vais vous donner l'explication, Leroy. Je souris sur cette photo parce que je ne vous connais pas encore. Et si j'avais su que vous la regarderiez un jour, j'aurais fait la gueule, croyez-moi. Maintenant, foutez-moi la paix !

Jean Bardin laissa l'argent de leurs consommations sur la table et se leva. En le voyant s'éloigner dans la tenue qu'il mettait le vendredi après-midi pour passer incognito, Philippe se demanda quel malheur avait pu frapper Bardin pour que l'homme souriant de Pointe-Noire soit devenu cet ours asocial. Le ciel était déjà sombre. Il regagna la maison.

Omar était vautré sur le sofa, plongé dans la lecture de Tom Sawyer, le dictionnaire que Louise lui avait légué ouvert à ses côtés.

– Tu y arrives ? C'est trop compliqué pour toi !

– Mais non ! C'est écrit trop petit, c'est tout ! C'est la première fois que je lis un livre écrit par un Américain. Dis, c'est vrai qu'ils sont allés sur la lune ?

– Oui, ça fera deux ans en juillet.

– Ils ont peut-être vu des étoiles rouges ?

– Ils n'en ont pas parlé en tout cas. Personne n'est venu pendant que j'étais sorti ?

– Si, Aminou. Il voulait que j'aille chez lui. J'ai dit que je pouvais pas, que je devais garder la maison. Il était pas content. Après, René est venu chercher des médicaments contre le mal de tête. J'ai dit que je savais pas où tu les rangeais. Il était furieux.

– Il a qu'à moins picoler et il aura moins mal à la tête, ce con. C'est tout ?

– Non, le maire est venu. Il a dit qu'il reviendrait à sept heures.

– Ce n'est plus possible. Il faut qu'on me fiche la paix le vendredi. Est-ce que tu pourrais écrire sur un panneau « Le vendredi le docteur ne reçoit pas de visites » en français, hassanya, wolof et peul ?

– Oui, mais avec ceux qui savent pas lire, comment tu vas faire ?

– Tu leur dessineras une tête de mort.

– T'es sérieux ?

– Presque. Quelle heure est-il ?

Omar regarda sa belle montre.

– Sept heures moins dix.

– Et le maire qui est toujours à l'heure !

Ould Saya ramena sa djellaba sur ses genoux.

– Rassure-toi, je ne resterai pas longtemps. Je suis simplement venu prendre de tes nouvelles. Plusieurs personnes t'ont trouvé fatigué.

– Depuis quelques jours, je suis épuisé.

– C'est le contrecoup de la mort de Louise et d'Anselme. Vous étiez si proches.

– J'avais pour eux une affection – comment dire – presque filiale. Je commence aussi à réaliser les difficultés de ma mission et l'incidence des problèmes de communication. Il ne s'agit pas d'une question de langue. Omar traduit bien, enfin je crois, mais de culture. Il y a tellement d'irrationnel dans le comportement des gens, de superstitions aux antipodes du raisonnement scientifique. Et puis, comment s'assurer que toutes les familles sont prévenues du jour de la vaccination ? Il faudrait que les agents de santé aient des motos pour aller dans les villages les plus reculés.

– Il n'y aura jamais d'argent pour ça. Dis-toi bien que tu ne pourras pas résoudre tous les problèmes. Fais ce que tu peux. C'est déjà beaucoup. Les gens t'aiment bien. Ils savent que tu es désintéressé. C'est tellement rare, y compris chez tes compatriotes ! La corruption gangrène tout. J'espère que des militaires purs et durs prendront le pouvoir un jour.

Les propos d'Ould Saya étaient inattendus. Exprimait-il son point de vue ou lui tendait-il un piège pour jauger ses convictions politiques ? Il y eut un long silence.

– Tu sais comment reconnaître les fonctionnaires corrompus ? poursuivit le maire.

– À leur train de vie ?

– À la belle maison de deux étages en parpaings qu'ils construisent alors que leur salaire est insuffisant pour acheter de la viande à leurs enfants ! Mais il est tard. Je m'en vais. Avant, je voudrais t'appeler à la plus grande prudence dans tous les domaines.

– Que dois-je faire ?

– D'abord, t'abstenir absolument de conduire la nuit. En plus des coupeurs de route, des groupes rebelles qui sévissent habituellement à deux cents kilomètres à l'est se rapprochent de Faedi. Pour ne rien arranger, il y a des tensions entre les populations des deux rives du fleuve pour une histoire de bétail volé.

Ould Saya prit un ton grave.

– Et puis, limite-toi à ton activité de médecin. Ne tente pas de résoudre l'énigme de la mort de Cauchoix.

– Oh, je me désintéresse totalement de cette histoire maintenant, dit Philippe d'un ton détaché qui sonnait faux.

Début juin, la chaleur devint écrasante. Philippe se levait la nuit pour prendre des douches mais l'eau encore chaude du soleil de la journée ne lui procurait aucun réconfort. Il avait avancé sa consultation à sept heures et s'efforçait de terminer à midi. Il ressortait ensuite vers dix-sept heures rendre visite aux malades hospitalisés dans l'ancienne pharmacie, allongés à même le sol car la livraison des matelas annoncés par Christian tardait. Dans un mois, la saison des pluies commencerait, contrainte climatique nouvelle pour lui qui n'avait pas encore vu une goutte d'eau depuis qu'il était en Mauritanie. Avec la pluie, viendrait le paludisme. Ce soir-là, il décida qu'il était temps d'en avoir le cœur net, et appela Omar.

– Où as-tu rangé les boîtes de chloroquine qu'on a mises de côté lors de l'aménagement de la nouvelle pharmacie ?

– Les boîtes où le docteur Cauchoix avait écrit « À faire analyser » ?

– Oui.

– Elles sont dans un tiroir fermé à clef de mon armoire.

– Très bien. Assieds-toi.

Omar prit place sur une chaise, redressa le buste et mit les mains sur ses genoux.

– Je vous écoute, patron.

– J'ai besoin de vérifier la qualité des comprimés de chloroquine avant la saison des pluies.

– Tu n'as qu'à regarder la date de péremption sur les boîtes, c'est toi qui me l'as dit !

– Il ne s'agit pas de ça. Certains médicaments comme la chloroquine sont encore utilisables plusieurs mois après la date indiquée sur la boîte. Je veux être sûr que les comprimés sont bien de la chloroquine.

– Et comment tu vas faire ?

– Es-tu capable de tenir ta langue ?

Omar enfourna sa main dans sa bouche.

– E... eu... a... tron... a glisse !

– Cesse de faire le pitre ! Je veux faire analyser quelques-uns de ces comprimés à Dakar. Mais pour ça, j'ai besoin d'un messager de toute confiance.

– Eh bien, c'est moi !

– J'y ai pensé, mais tu es trop jeune et j'ai besoin de toi ici. Il faudrait quelqu'un entre quinze et vingt ans, débrouillard, sérieux, discret, incorruptible...

– À part Ludo, il n'y a personne !

– Qui parle français et peut s'absenter pendant plusieurs semaines.

Omar réfléchit un long moment.

– Je n'en connais qu'un qui pourrait faire ce que tu demandes.

– Qui ?

– Souleymane, le grand frère de Silé.

De deux choses l'une, ou Omar voulait caser toute la famille de son copain, ou elle était d'une inépuisable ressource. Philippe opta pour la deuxième hypothèse.

– Dis-lui que je veux le voir demain soir.

Âgé d'une quinzaine d'années, le regard pétillant dans un visage volontaire, Souleymane lui fit d'emblée bonne impression.

– On n'a pas joué au foot ensemble ?

– Si, c'était il y a deux mois, j'étais gardien de but.

– Qu'est-ce que tu fais en ce moment ?

– Rien. Je voulais faire apprenti menuisier, mais j'ai pas d'argent pour payer le patron.

– Il faut payer le patron pour être apprenti ?

– Oui, parce que c'est lui qui t'apprend, et il passe du temps.

– Tu es allé jusqu'en quelle classe ?

– $7^{\text{ème}}$. J'étais un bon élève. Je voulais m'inscrire en $6^{\text{ème}}$ au collège de Khoum. J'ai un oncle là-bas, mais je n'avais pas d'argent pour acheter les livres.

– Souleymane, est-ce que tu peux aller à Dakar porter une lettre à quelqu'un et revenir me donner sa réponse ? Je te paierai bien sûr.

L'adolescent parut surpris, réfléchit longuement et finit par hocher la tête.

– Écoute-moi bien. C'est une mission secrète. Il faut que tu n'en parles à personne, même pas à ta famille. Seuls Omar, toi et moi devons savoir où tu es parti, et pourquoi. Est-ce que tu comprends ?

– Je comprends.

– Qu'est-ce que tu vas dire à tes parents pour expliquer que tu pars plusieurs semaines ?

– Je ne sais pas. Mais ça ne va pas être un problème. Je suis déjà parti de la maison.

– Très bien. Je te donnerai un sac contenant une boîte de médicaments et une lettre pour le docteur Jacques Valoux, le médecin-chef du département des maladies tropicales à l'hôpital Saint-Exupéry de Dakar. Tu devras aller à cet hôpital et demander à le rencontrer personnellement, pas un autre médecin ou une secrétaire, mais lui-même. Je vais le prévenir de ta visite. Quand tu arriveras à l'hôpital, va à l'accueil.

– C'est quoi ?

– Le secrétariat. C'est au rez-de-chaussée. Tu verras un grand panneau avec « Accueil ». Demande à voir le docteur Valoux, précise bien qu'il est prévenu de ta visite et que tu dois le voir lui et personne d'autre. Il te dira quand tu pourras repasser à l'hôpital prendre la réponse à ma lettre. Tu vas pouvoir te débrouiller tout seul à Dakar, une grande ville ?

La remarque fit sourire Souleymane.

– Bien sûr !

– Je vais te donner trente mille francs pour ton voyage et quatre-vingt mille francs à ton retour. Est-ce que ça te va ?

– Ça me va très bien.

– Mais j'y pense. As-tu une carte d'identité pour passer la frontière ?

– Non, mais je crois que deux mille francs à l'aller et au retour ça ira pour les policiers et les douaniers.

– Je te les donnerai en plus, soupira Philippe. Maintenant on va voir si tu as bien compris. Peux-tu répéter tout ce que je viens de te dire ?

Souleymane le fit sans rien oublier.

– Quand partiras-tu ?

– Dans quelques jours. Le plus long, ça va être d'aller à pied jusqu'au fleuve. Là, je passerai en pirogue. Après, il y a des taxis collectifs.

– Il faudrait que tu ailles jusqu'au fleuve avec d'autres personnes. Je ne veux pas que tu te fasses kidnapper !

– Je marcherai avec des Peuls ou des Toucouleurs qui vont vendre leurs chèvres et acheter du poisson. Et puis j'ai un gris-gris. Souleymane sortit un canif de sa poche. Si on m'attaque… Il fit le geste de trancher une gorge.

Le ciel s'assombrit brusquement et de grosses gouttes frappèrent le pare-brise.

– Je t'avais dit de rentrer plus tôt mais tu m'écoutes jamais, bougonna Omar.

– Il fallait bien finir les consultations ! Déjà que je ne vais dans ce village que tous les deux mois.

Omar tourna la tête vers les montagnes d'où déferlaient, à une vitesse stupéfiante, d'épais nuages noirs. Subitement, une rafale fit tanguer la voiture comme s'il s'agissait d'une balançoire et une pluie diluvienne s'abattit sur le véhicule. Philippe coupa le moteur. La pendule du tableau de bord marquait dix-huit heures trente. Dans une demi-heure, il ferait nuit, et ils étaient encore à quinze kilomètres de Faedi, sur la piste transformée en marécage. Un chapelet d'éclairs déchira le ciel en même temps qu'un bruit assourdissant résonnait, comme si des bombes éclataient.

– Ça va durer longtemps ?

Omar croisa les bras et se tassa sur son siège.

– Je crois pas, mais l'oued va déborder. On va rester coincés ici en pleine nuit.

– On trouvera bien une solution.

Passé un quart d'heure apocalyptique, le vent se calma et la tempête se mua en brise. Quelques coups de tonnerre retentirent au loin tandis qu'une pluie fine succédait au déluge. Philippe essuya la buée sur le pare-brise et baissa la vitre. Un air frais lui fouetta le visage. Le bruit de l'eau happée par le sable évoquait celui de la mer se retirant à marée basse. Il tourna la clef. Après quelques essais infructueux, le moteur démarra et la voiture avança en hoquetant. Ils se trouvèrent bientôt devant l'oued transformé en torrent. Philippe scruta les flots tumultueux.

– Je suis sûr qu'on passe.

– Non ! Au milieu c'est trop profond. Il faut attendre que l'eau baisse.

– On ne va pas rester ici toute la nuit !

Omar marmonna des propos peu amènes.

– Fais-moi confiance ! Je sais comment traverser les torrents. Je vais entrer de côté pour mettre la voiture dans le sens du courant. Nous nous laisserons porter sur quelques dizaines de mètres. Je sortirai dès qu'il y aura un endroit plat. Omar se tassa encore davantage sur son siège.

– Je ne dis plus rien. Fais ce que tu veux.

La voiture pénétra en biais dans l'oued, large à cet endroit d'une cinquantaine de mètres, et se mit à tanguer. Quelques secondes plus tard, un tronc d'arbre la percuta à l'arrière. Elle pivota et se retrouva perpendiculaire au courant. Une vague noirâtre la submergea et elle se renversa du côté conducteur. Philippe heurta violemment la portière avec son genou. Immédiatement, l'eau envahit l'habitacle. La vitre du côté d'Omar était baissée. Philippe l'entendit s'extraire du véhicule. Lui se traîna à l'arrière et sortit par le trou laissé par le pare-brise pulvérisé. Il eut rapidement la tête hors de l'eau et nagea jusqu'à la rive opposée. Dès qu'il eut pied, il se mit à appeler Omar dans toutes les directions. Aucune réponse. Fou d'angoisse, il jeta un regard circulaire. L'obscurité naissante se confondait avec la masse opaque des flots. Il courut le long de la rive et ressentit une vive douleur au genou gauche. Subitement, il crut recevoir un coup de poignard à l'estomac. Cette forme allongée là… Il se précipita. Les yeux révulsés, Omar ne respirait plus. Un filet d'eau boueuse s'écoulait de ses lèvres. Il s'agenouilla et commença à lui faire du bouche à bouche. Le garçon se mit sur les coudes et éclata de rire.

– Eh ! Je suis pas ta femme !

– Petit con ! Qu'est-ce que tu m'as fait peur !

– C'est toi qui m'as fait peur ! J'ai eu du mal à sortir de la voiture. Elle est où ?

– C'est de ma faute… Dans l'oued.

– Mais qu'est-ce qu'on va faire sans voiture ?

– Rentrer à pied.

Philippe fit une tentative pour se lever et grimaça. Son genou avait doublé de volume.

– Tu pourras jamais marcher !

Le médecin déchira sa chemise et en fit un bandage de fortune.

– Trouve-moi un bâton et ça ira.

La nuit était tombée. Ils se mirent en route.

Jean Bardin se demanda s'il n'était pas victime d'hallucinations. Son réveil marquait deux heures et on frappait à la porte. Il prit son revolver, sa lampe électrique et entrouvrit. Deux formes humaines maculées de boue séchée apparurent dans le faisceau lumineux de sa lampe. Il lui fallut quelques secondes pour reconnaître Philippe et Omar.

– Mais qu'est-ce qui vous est arrivé ? Entrez.

Les deux visiteurs s'affalèrent sur le canapé. Jean leur tendit une bouteille d'eau qu'ils burent d'une traite.

– Vous avez eu un accident ?

– Non, on a fait une partie de waterpolo avec des hippopotames.

Jean partit dans la cuisine et revint avec des fruits et des gâteaux secs que les deux naufragés engloutirent. Puis Philippe raconta l'orage et la perte de la voiture.

– Mais quelle idée aussi de vouloir traverser l'oued pendant un orage ! C'est bien vous ça !

– Je sais, je suis un imbécile. Mon genou me fait horriblement souffrir. Je boirais bien un whisky.

Jean écarquilla les yeux.

– Vous êtes sûr ?

– Certain.

Omar se tortilla sur le canapé.

– Est-ce que je pourrais goûter, monsieur Bardin ?

– Certainement pas ! Tu as encore l'âge de boire du lait de chamelle !

– Les circonstances sont exceptionnelles, Jean. S'il n'avait pas été avec moi je n'aurais jamais pu rentrer.

– Dommage ! À la prochaine connerie, laisse-le sur place Omar ! Bon débarras… Mais pourquoi êtes-vous venus frapper à ma porte plutôt que de rentrer chez vous ?

– Je voulais vous demander de me conduire chez le garagiste demain matin avant d'aller travailler. L'oued sera presqu'à sec, m'a dit Omar, et je veux aller sur place avec le garagiste voir si la voiture est récupérable.

Jean sortit une bouteille de whisky et un verre du buffet.

– Glaçons ?

– Sec !

Il secoua la tête comme s'il avait affaire à un fou. Philippe but la moitié du verre d'un trait et afficha aussitôt un sourire béat.

– Merci, Jean. Quelle délicieuse soirée !

– Et moi, je peux goûter ?

– Trempe simplement tes lèvres. C'est très fort.

Omar avala une gorgée.

– Mmm… ça brûle, mais c'est bon. Et c'est même pas fort. Il glissa du canapé et s'endormit.

Une quinzaine de jours s'étaient écoulés depuis qu'ils avaient failli mourir dans l'oued en furie. Par chance, après un nettoyage complet du moteur et le remplacement de la vitre arrière, la voiture fut de nouveau en état de marche. Elle était cabossée et la portière du côté conducteur s'ouvrait difficilement, mais elle roulait.

Philippe avait espéré que la période d'hivernage serait plus agréable que la chaleur étouffante de juin, mais il dut déchanter. Les incertitudes météorologiques – le temps splendide du matin pouvait être suivi d'une pluie diluvienne l'après-midi – rendaient l'organisation de son travail problématique. Il avait beau se dire qu'il n'était pas responsable des aléas climatiques, il pestait contre ces difficultés. Omar commença à s'alarmer de le voir scruter le ciel tous les matins en essayant de prévoir le temps de la journée. Seule bonne surprise : le spectacle du désert qui verdissait quelques heures après la pluie. On aurait dit, à perte de vue, qu'un jardinier magicien avait fait surgir du gazon.

Depuis deux jours il dormait mal et se réveillait essoufflé, en proie à de violents maux de tête. Il avait maigri et était sujet à des sautes d'humeur.

Cet après-midi, le temps était plutôt clément. Philippe terminait sa consultation dans un des villages les plus éloignés du territoire dont il était responsable. Le dernier patient était une petite fille de cinq ans.

– Elle est tombée et depuis ne peut plus bouger son bras, résuma Omar après avoir écouté les explications du père.

Philippe examina longuement le bras de la fillette.

– Hum... C'est plutôt un coup qu'une chute. Elle a certainement une fracture et je me demande dans quel état est le nerf. Il faut l'emmener à l'hôpital de Nouakchott pour des examens. Si la radio confirme mon diagnostic, un chirurgien l'opèrera. C'est sans risque, elle guérira. Je vais faire une lettre pour le docteur Vichot. Il y a de l'argent de la fondation Smith pour les opérations d'enfants. Les parents n'auront rien à payer. Tout ce qu'il faut faire, c'est prendre le premier taxi collectif pour Nouakchott. Je vais lui mettre une attelle en attendant. Surtout qu'elle évite de bouger le bras.

Omar traduisit ce que Philippe venait de dire et la réponse du père.

– Il te remercie, mais il ne veut pas emmener sa fille à Nouakchott.

– Pourquoi ?

– Parce que c'est trop loin. Il connaît un guérisseur qui va lui donner une tisane de plantes à boire qui vont la guérir.

– Explique-lui que les plantes peuvent être utiles pour soigner des maux de ventre mais pas pour soigner une fracture ou recoudre un nerf.

– Il te remercie, mais il dit que les plantes vont la guérir.

Philippe sentit la colère monter. Encore un peu et il se serait jeté sur le père.

– Dis-lui que c'est un sale con, un chien et qu'il aille se faire foutre !

Omar n'avait jamais vu Philippe dans cet état de rage froide. Il dit quelques mots au père. Celui-ci ne broncha pas, et les parents repartirent avec la petite.

Philippe ne desserra pas les dents pendant tout le trajet du retour, jusqu'aux dunes qui annonçaient la ville.

– Dis-moi la vérité. Tu ne lui as pas traduit ce que j'ai dit à la fin ?

– Non. Si j'avais traduit… traiter quelqu'un de chien… c'est une grave insulte… il avait un poignard à la ceinture… il aurait pu s'en servir.

– Je te paye pour traduire ce que je dis et rien d'autre. J'en ai assez. Tu es viré. Demain matin, tu fais ton sac, tu prends ton fric et tu dégages.

Omar était abasourdi. En un peu plus de dix mois de cohabitation tumultueuse, ils s'étaient déjà disputés, jamais gravement. À deux reprises, Omar était parti de lui-même de façon théâtrale, avant de revenir piteux, une heure plus tard. Mais là, le ton glacé de Philippe l'avait sidéré. C'était injuste ! Il lui avait évité un grave incident, et pour le remercier, il le mettait à la porte ! Ah, si seulement Louise et Anselme étaient encore là, il aurait couru les voir en arrivant. Louise l'aurait pris dans ses bras. Soudain, il eut peur et se fit tout petit.

Arrivés devant la maison, une femme attendait assise sur la terrasse, un petit garçon en pleurs sur les genoux.

– Qu'est-ce qu'elle fait là ?

– Son enfant s'est planté une épine dans l'œil et il a très mal.

Philippe porta la main à son front et ferma les yeux.

– Va prendre deux lampes électriques et dis-leur de monter dans la voiture.

Le dispensaire étant dépourvu de lumière, les consultations se terminaient au plus tard à dix-neuf heures. En cas d'urgence, quand il y retournait le soir, il se munissait d'une lampe à pétrole ou d'une torche électrique. L'armoire contenant les alèses était fermée à clef et celle-ci introuvable. Le garçon s'allongea sur un matelas d'une saleté repoussante. Philippe maudit cet incapable d'infirmier. Il revint de la pharmacie avec une pince, un désinfectant, du coton et une seringue. L'enfant ne pleurait plus mais regardait tour à tour sa mère et Philippe d'un air effrayé. Omar éclaira son visage avec sa lampe électrique pendant que Philippe préparait la seringue.

– L'épine est juste en-dessous de l'œil droit, enfoncée profondément. Il a eu de la chance. Un peu plus haut, il avait l'œil crevé. Je vais l'endormir, sinon il aura trop mal quand je retirerai l'épine. Traduis tout ça.

La mère caressa la tête de son fils et gratifia Philippe d'un grand sourire. Dès que l'enfant fut inconscient, il approcha la pince. Il était en sueur et tremblait. Il respira profondément et, après plusieurs tentatives infructueuses, parvint à saisir le petit bout d'épine qui dépassait, avant de le tirer lentement.

– Ouf ! Elle fait au moins deux centimètres. Je crois que j'ai tout enlevé. Il appliqua un bout de coton humecté de désinfectant sur la plaie. Il va dormir une heure à cause de l'anesthésie et pourra partir après. Je vais me reposer un instant dans la voiture. Je me sens mal.

Il prit la seringue pour la jeter dans la poubelle et devint livide en voyant l'étiquette.

– Mon Dieu ! Je me suis trompé. Je lui ai donné la dose pour adulte… Je l'ai tué.

Omar s'approcha de l'enfant inanimé.

– Mais non, il respire.

– Il va mourir. La dose est trop forte. Mon Dieu !

Philippe s'assit à son bureau, la tête dans les mains.

– Est-ce qu'il faut faire quelque chose ?

– Rien.

Le médecin se leva et tira sur le col de sa chemisette comme s'il manquait d'air. Il tituba et s'écroula inanimé.

Philippe remua les lèvres et entrouvrit les yeux. Aïssata passait un gant mouillé sur son visage. Il perçut la voix d'Omar avant de replonger dans un sommeil profond.

Une odeur de friture lui chatouilla les narines. Il jeta un coup d'œil autour de lui. Assis au pied du lit, Omar lisait un livre. La lumière grisâtre qui passait par la fenêtre ne lui permettait pas de savoir si c'était le soir ou le matin.

– Omar, donne-moi à boire.

Le garçon courut dans la cuisine et ramena une bouteille d'eau. Philippe la but entièrement par petites gorgées.

– Comment te sens-tu ?

– Vidé.

– Qu'est-ce que tu nous as fait peur !

– Apporte-moi un oreiller, s'il te plaît. Je voudrais m'asseoir.

– Il faut que tu restes allongé, a dit le docteur.

– Quel docteur ?

– Le docteur Omar.

– Et le garçon qui avait une épine sous l'œil ?

– Il s'est réveillé trois heures après et va bien. Et toi, tu sais combien de temps tu as dormi ?

– Non.

– Vingt heures ! Quand t'es tombé, j'ai demandé à quelqu'un d'aller chercher le maire. Sa moto était en panne. Il a couru pour venir au dispensaire. Il était tout blanc. J'ai cru qu'il allait tomber aussi. Il a dit : « C'est pas grave, il est évanoui. » Après, avec un grand, on t'a porté dans la voiture et on t'a allongé à l'arrière. Le maire m'a demandé la clef et il a conduit – pas très bien – pour te ramener à la maison. Quand il a freiné, j'ai cogné le pare-brise. Regarde, j'ai une bosse ! Beaucoup de gens sont venus prendre de tes nouvelles. Je les ai tous renvoyés, sauf le maire, Jean et Aïssata. Si tu savais comme elle a pleuré ! Jean a dit : « Ça ne m'étonne pas : il a fait un nervoussebrekdoune… » enfin quelque chose comme ça. Est-ce que tu veux un beignet aux bananes ?

Philippe fit non de la tête.

– Ah ! Il faut aussi que je te dise quelque chose. Omar lui chuchota à l'oreille : Souleymane est rentré. J'ai mis les médicaments et la grande enveloppe qu'il m'a donnés dans le tiroir de mon armoire qui ferme à clef.

Le sac plastique ayant contenu les boîtes de médicaments analysés par le docteur Valoux traînait par terre et empestait le poisson pourri. Philippe eut un haut le cœur.

– Jette-moi ce sac, c'est une infection !

Il se leva en chancelant et se rendit dans la salle de bains. Le visage renvoyé par la glace l'effraya : teint cadavérique, yeux cernés, joues creuses recouvertes d'une barbe naissante. Il réalisa à quel point il avait tiré sur la corde et frôlé la catastrophe. Bien que chaude, la douche lui fit un bien immense. Il résolut de s'organiser différemment. Primo, il prendrait une semaine de repos en s'efforçant d'éviter les visites. Deuxio, il terminerait ses consultations au dispensaire à une heure raisonnable. Tertio, il tenterait de chasser de son esprit l'obsédante question des causes de la mort de Cauchoix. Dans l'immédiat, la seule urgence était de prendre connaissance du rapport de Valoux. Il redoutait de mauvaises nouvelles et, se sentant incapable de les affronter maintenant, décida d'attendre le soir. En sortant de la douche il remarqua que sa dernière bouteille de lotion après-rasage était vide. D'ordinaire, un tel constat aurait déclenché une dispute avec Omar, du genre de celles qu'ils avaient régulièrement pour des motifs futiles. À l'instant présent, il sourit. Fatigue persistante ou début de sagesse ? Omar l'attendait devant la porte de la salle de bains.

– Viens me montrer ta bosse... Eh ben, il a freiné brutalement le maire ! Après le dîner, je te mettrai de l'arnica. Ah ! Et puis merci pour tout, tu t'es très bien débrouillé.

Un compliment ! Omar n'en croyait pas ses oreilles.

Aïssata arriva en début d'après-midi. Ils s'isolèrent dans sa chambre, s'embrassèrent tendrement et se prodiguèrent moult caresses comme des tourtereaux qui se retrouvent après une longue séparation. Elle commença à se dévêtir mais Philippe lui fit comprendre qu'il se sentait trop faible pour exprimer ses sentiments de manière plus probante. La jeune fille fit le ménage et prépara le dîner. Le maire arriva au moment où elle partait. Philippe le remercia chaleureusement tout en plaisantant sur ses qualités de conducteur.

– Comme tu t'en doutes, je n'ai pas mon permis et ne suis pas prêt de reprendre le volant. Comment vas-tu ?

– Beaucoup mieux, merci, mais j'ai l'impression d'être passé sous un rouleau compresseur. Je vais me reposer une semaine.

– Sage décision.

Philippe sut gré au maire de ne pas s'attarder. À peine venait-il de quitter les lieux qu'Omar s'approcha de lui avec des airs de conspirateur.

– Souleymane voudrait te voir.

– Qu'il vienne !

Le jeune homme semblait en bonne forme mais exhalait une atroce odeur de vase et de poisson pourri. Philippe n'avait qu'une hâte : le voir partir.

– Omar, mets-toi devant la porte de la véranda. Que personne n'entre pendant que nous discutons. Alors, Souleymane, comment s'est passé ton voyage ?

– Très bien. Enfin, sauf les taxis-brousse qui sont souvent tombés en panne entre le fleuve et Saint-Louis, après j'ai pris un car. Et puis, au retour, la pirogue était trop chargée et a coulé en arrivant du côté mauritanien. Heureusement que le fleuve n'est pas profond à cet endroit car je ne sais pas nager. J'ai pu marcher. J'avais mis mon sac sur la tête donc rien n'a été mouillé. À Dakar, je n'ai pas eu d'ennui. Votre ami toubib et sa femme sont très gentils. Je suis resté chez eux. Ils ont une belle maison avec un grand jardin.

Philippe était sur le point de vomir.

– Bravo Souleymane. Tu as remarquablement accompli ta mission. Je ne sais pas si Omar te l'a dit, j'ai été malade et je suis encore fatigué. Je serai content de discuter avec toi un autre soir mais, pour l'instant, je vais te donner l'argent que tu as bien mérité. Et n'oublie pas : à part Omar et toi, personne ne doit savoir où tu étais et ce que tu as fait pendant ces trois semaines.

Philippe lui tendit une enveloppe.

– Est-ce que vous pouvez me garder mon argent ? Je ne sais pas où le mettre à la maison.

– D'accord. Je vais cacher ton enveloppe dans un endroit que seul Omar connaît. Comme ça, si jamais il m'arrive quelque chose, tu pourras le récupérer.

– Merci. Je voulais vous dire quelque chose.

– Je t'écoute.

– J'ai ramené des poissons grillés du fleuve. Vous en voulez ?

Cher Philippe,

Tu trouveras, ci-joint, les analyses détaillées des comprimés de chloroquine que tu m'as adressés. En résumé :

1. Les comprimés des lots 606 110 à 606 320 à utiliser avant le 31 décembre 1974 contiennent du plâtre et, certains, des traces d'arsenic.

2. Les comprimés des lots 1 800 510 à 1 800 540 sont bien de la chloroquine. Ils peuvent être utilisés normalement, conformément à la notice.

Je ne sais pas ce qui a motivé tes doutes concernant les comprimés des lots contrefaits, mais tu as été bien avisé de m'en faire part ! La contrefaçon de médicaments est un fléau grandissant en Afrique.

Excuse-moi de ne pas être plus long, mais je suis débordé, comme toi j'imagine. Bon courage !

Reçois toutes mes amitiés confraternelles.

Jacques Valoux

P.S. N'hésite pas à me recontacter si nécessaire.

Philippe reposa la lettre. À ce stade, il estima inutile de lire le détail des analyses annexées. Seule lui importait la conclusion de son professeur de biologie en quatrième et cinquième années de médecine. Il eut des sueurs froides en songeant qu'il aurait pu utiliser les médicaments qui avaient, à juste titre, semblé suspects à Cauchoix. À quelle date avait-il eu des doutes ? D'autres questions s'imposèrent en rafale. Cauchoix s'était-il ouvert au médecin-chef de ses soupçons concernant la contrefaçon de la chloroquine ? Probablement pas, car Christian lui en aurait parlé et demandé de n'utiliser que les lots les plus récents. Où étaient fabriqués les produits contrefaits et qui les avait livrés ? Cette fraude avait-elle un lien avec la mort de Cauchoix ? Conserver les bordereaux de livraison des médicaments était une obligation, mais l'examen de ceux classés dans l'armoire du dispensaire ne lui apprendrait sans doute rien, la fabrique de faux documents étant encore plus facile que celle de faux médicaments. Pour l'heure, il importait de mettre les rapports d'analyses en lieu sûr. Heureusement que la cachette de sa chambre était assez grande, car s'y côtoyaient maintenant l'argent d'Omar, celui de Souleymane et les preuves d'une entreprise criminelle. Il se rendit sur la terrasse et s'installa dans son rocking-chair en essayant de mettre de l'ordre dans ses pensées. Les visages de Cauchoix et de sa femme sur la photo prise à Pointe-Noire lui apparurent. Cauchoix… Il réalisa qu'il aurait des difficultés à respecter sa troisième résolution.

Tout était calme lorsqu'il rentra. Trop calme. Souleymane était parti depuis une heure et une odeur de poisson pourri flottait toujours dans la pièce malgré les fenêtres ouvertes. Omar s'était couché plus tôt que d'habitude, épuisé par les évènements des derniers jours. Voilà aussi sans doute pourquoi la maison lui semblait anormalement silencieuse. Il regagna sa chambre et tomba comme une masse sur son lit, avant de sombrer tout habillé.

Philippe avait décidé de ne pas sortir de toute sa semaine de repos. Mais passés quelques jours occupés à lire, jouer aux échecs avec Omar et faire l'amour avec Aïssata, il eut envie de prendre l'air. Où aller sans être l'objet de sollicitations ? Il hésitait lorsque Silé arriva bien habillé. Il avait mis des chaussettes et des tongs, ce qui l'obligeait à marcher comme un canard. Il était coiffé et parfumé à la violette. Philippe laissa échapper un sifflement admiratif.

– T'as rendez-vous avec ta fiancée ?

Le garçon piqua un fard.

– Non, je suis invité par monsieur Bardin.

– Tu as de la chance parce qu'il invite rarement. C'est son anniversaire ?

Silé secoua la tête.

– Omar lui a dit que j'aimerais bien entendre son appareil qui fait de la musique.

– Son tourne-disque ?

– Oui. Son tourne-dixe.

– Disque.

– Oui, dixe. Et il a dit à Omar de venir avec moi et vous aussi quand il sera rentré de l'usine tout à l'heure, à dix-sept heures trente.

– C'est bien la première fois que monsieur Bardin m'invite ! Je vais mettre une cravate !

Omar sortit de sa chambre. Il avait mis le pantalon blanc qu'il n'avait plus porté depuis la soirée calamiteuse chez les Damart.

– Tiens, tu grandis en ce moment. Ton pantalon est un peu court.

– Mais non, il était déjà court avant ! Je te préviendrai quand je grandirai.

Il était dix-sept heures trente précises quand ils se présentèrent au domicile de Jean Bardin. Il leur adressa un bonsoir laconique et les invita à s'asseoir. Pendant un long moment personne ne dit mot puis Bardin se tourna vers Philippe.

– Vous avez meilleure mine, dit-il d'un ton lugubre.

– C'est vrai ? Je me sens mieux depuis quelques jours. Je crois que j'ai craqué à temps.

– Il va falloir reprendre vos activités de manière progressive.

Bardin s'absenta un instant et revint de la cuisine avec une assiette de dattes et un plateau de gâteaux au miel.

– Omar, va chercher la bouteille de limonade dans le frigo et quatre verres.

Silé se tenait droit comme un cierge, un long étui en cuir rectangulaire posé sur les genoux. Il n'avait d'yeux que pour le Teppaz et l'imposante collection de disques qui couvraient, sur huit étagères, deux murs de la pièce. Jean ouvrit la bouteille.

– Alors, c'est toi qui voulais écouter mon tourne-disque ?

– Oui, monsieur.

– Et pourquoi ?

– Parce que j'aime la musique.

– C'est une réponse assez logique. Et tu n'as jamais écouté de disque ?

– Vous savez, intervint Philippe, quelques personnes ont un transistor, mais vous êtes bien le seul à posséder un tourne-disque. Vous avez suffisamment de saphirs de rechange ?

– Toute une provision. Mais dis-moi, Silé, qu'est-ce que tu as dans cette boîte ? Je parie que c'est un instrument de musique.

– Oui, monsieur.

– Eh bien sors-le !

Silé ouvrit l'étui et en retira délicatement une flûte à bec en acajou. Jean mit ses lunettes et examina l'instrument de près.

– C'est une belle flûte ancienne. Elle a au moins cent ans.

– C'était la flûte de mon grand-père. Il me l'a donnée quelques jours avant sa mort.

– Je suis sûr que tu l'as amenée pour nous jouer quelque chose.

Le visage de Silé s'illumina.

– Je vais jouer un air que j'ai entendu pendant une fête.

La flûte émettait un son très pur. Au bout de cinq minutes, il s'arrêta.

– Voilà ! C'est tout, lâcha-t-il d'un air gêné.

– C'était très bien, dit Jean. Un conseil cependant, souffle un peu moins fort.

– Si on goûtait les gâteaux ? risqua Omar.

Sa tentative échoua piteusement, personne ne semblant l'avoir entendu.

– Pour te remercier, je vais te faire écouter un morceau de piano composé par un jeune autrichien à ton âge. Il s'appelait Mozart.

Jean brancha le Teppaz qui ronronna quelques secondes. Il déposa le 33 tours sur la platine et appuya sur un bouton.

Le bras se posa au début du disque et après quelques fritures on entendit les premières notes de la Sonate en do mineur interprétée par Martha Argerich. Jean monta le son au maximum. Bouche ouverte, les yeux dans le vague, Silé semblait en extase. Un quart d'heure plus tard, le bras se leva et revint à sa place initiale.

– Alors, Silé, ça t'a plu ?

– Oh oui, monsieur. Il est magnifique votre tourne-dixe.

– Disque. Tourne-disque.

– Oui. Ça coûte cher ?

– Très. Écoute, on va manger les gâteaux parce qu'Omar meurt de faim. Après, on écoutera un morceau de flûte et, ensuite, Omar et toi vous pourrez rentrer. Je voudrais discuter un peu avec Philippe. D'accord ?

Le ciel était déjà gris quand les deux garçons se levèrent.

– Ne traînez-pas en route, leur lança Philippe sur le pas de la porte.

– Vous êtes toujours inquiet ?

– L'enquête ne progresse pas et on a encore retrouvé le corps décapité d'un enfant hier.

– On n'arrêtera jamais les coupables. Jean alluma sa pipe et en tira quelques bouffées. De toute façon, sur ce continent, on n'arrête jamais les coupables.

– Que voulez-vous dire ?

– Jamais ! Vous m'entendez ? Jamais ! Il avait haussé le ton et commença à marcher de long en large dans la pièce, en proie à une soudaine agitation. Interloqué, Philippe le suivait du regard.

– Vous voulez peut-être que je parte ?

Jean le regarda comme s'il découvrait sa présence.

– Non, non. Je souhaitais vous parler. Voulez-vous boire quelque chose de meilleur que de la limonade ?

– Non merci. Je suis encore un peu patraque.

Jean se servit un whisky et attendit un long moment avant de parler.

– Je vais vous faire une confidence, commença-t-il. N'y voyez aucune marque de confiance et encore moins d'amitié. Ce sont des sentiments qui me sont étrangers. Je veux simplement que vous cessiez de vous poser des questions sur mon compte et les raisons pour lesquelles je vis en reclus.

Il posa sa pipe sur la table basse et rangea les disques dans leurs pochettes.

– Après avoir passé l'examen d'ingénieur agronome à la fin de la guerre, en 1946 pour être précis, j'ai décidé de vivre pour un temps en Afrique avant de m'installer en France. J'ai opté pour le Congo et, après avoir voyagé dans le pays plusieurs semaines, je suis arrivé à Pointe-Noire qui était, à l'époque, une petite bourgade, et m'a immédiatement séduit : douceur de vivre, plages et cocotiers, ambiance conviviale entre colons et autochtones. J'ai acheté des terres, planté des bananiers, travaillé dur, engagé du personnel et en quelques années, je me suis retrouvé à la tête d'une propriété de dix mille hectares sur laquelle j'ai fait construire une belle maison. En 1952, lors d'une soirée donnée par le gouverneur, j'ai rencontré une jeune étudiante en géologie nantaise venue recueillir des informations pour son mémoire de doctorat. Un coup de foudre réciproque s'en est suivi. Nous nous sommes mariés en septembre 1953 à la cathédrale Notre-Dame de Pointe-Noire. Ce fut une fête grandiose, bal, feu d'artifice, pour plus de cinq cents personnes. Après notre mariage, nous avons vécu sept ans d'amour fusionnel. On dit qu'après sept ans on se lasse, en tout cas, nous n'avons pas eu le temps d'expérimenter cette lassitude. Marielle est tombée enceinte en 1960, année de l'indépendance. Nous étions fous de joie. Même s'il y avait à cette époque pas mal de soubresauts politiques, la vie à Pointe-Noire était toujours aussi paradisiaque. À ce stade de son récit, Jean Bardin se voûta légèrement et fixa le sol comme s'il avait oublié la présence de Philippe. Il continua d'une voix saccadée. Ce jour-là, le 13 avril 1960, j'ai écourté sans raison la visite de mon exploitation, comme si j'avais un pressentiment, et je suis rentré à la maison. J'ai garé la voiture devant le perron et j'ai klaxonné brièvement comme je le faisais d'habitude, avant que Marielle vienne à ma rencontre avec Flop, notre cocker. Ce soir-là, ils ne sont pas venus. J'ai espéré qu'ils ne soient pas encore rentrés d'une sortie imprévue, puisque j'étais en avance. Tout était beaucoup trop calme. Je suis entré dans le vestibule le cœur battant, et j'ai vu le cadavre de Flop. Les tiroirs du secrétaire avaient été vidés, tout était sens dessus dessous. J'ai hurlé « Marielle » et me suis précipité dans toutes les pièces du rez-de-chaussée. J'ai grimpé l'escalier comme un fou et suis arrivé à l'étage. Le même désordre régnait. J'ai traversé toutes les pièces. Ne restait plus que notre chambre. Étendue sur la moquette, elle baignait dans son sang, transpercée d'une trentaine de coups de couteaux. Je ne pourrai jamais oublier son regard qui reflétait l'horreur de ce qu'elle a subi avant de mourir… J'ai perdu la raison… et j'ai été hospitalisé. Les coupables n'ont jamais été arrêtés… Une bande de drogués, selon la police. J'ai vendu ma propriété et suis rentré en France où je me suis senti étranger. Six mois après mon retour, le directeur de la mine de fer de Zermate, que j'avais connu au Congo, m'a proposé le poste de directeur du personnel. Je suis venu m'installer ici en 1962. J'ai construit ma maison à l'écart, car tout voisinage m'est insupportable. Voilà.

– Je ne sais pas quoi vous dire, Jean. Ce que vous avez vécu est tellement effrayant. Mes paroles de compassion n'auraient aucune portée… Vous voulez sans doute que je parte ?

– Non. Ça vous ennuie si je mets un peu de musique ?

– Pas du tout.

Quelques secondes plus tard, la pièce résonna des premières notes de la Sonate pour piano en ut mineur de

Mendelssohn. Jean Bardin baissa le son, cura sa pipe et alla en chercher une autre, en ivoire, sur le râtelier.

– En 1952, l'armée française a renforcé sa présence au Congo. Un fort contingent de soldats est arrivé à Pointe-Noire, parmi lesquels un médecin militaire du nom d'Éric Cauchoix.

Il était vingt-deux heures passées quand Philippe prit congé de Jean Bardin. La nuit accentuait l'impression d'isolement de la maison. Comment pouvait-il vivre de la sorte ? Le médecin hâta le pas sur le sentier. De temps à autre, de brefs miaulements rompaient le silence. Il se souvint que des chats sauvages rôdaient dans les parages et ne se sentit pas rassuré. Pourquoi n'avait-il pas accepté la proposition de Jean de le raccompagner en voiture ? Subitement, il eut l'impression d'être suivi et mit ce sentiment absurde sur le compte d'une poussée de fièvre. Depuis une heure, il ne se sentait pas bien et avait fait un gros effort pour écouter Jean lui parler de Cauchoix sans lui apprendre – était-ce volontaire de sa part ? – quoi que ce soit de significatif sur le personnage. Voilà qu'il se remettait à gamberger sur Jean et Cauchoix. Décidément, il n'était pas encore rétabli. Il arriva dans la grande rue qu'il emprunta sur deux cents mètres avant de prendre le chemin à gauche. De loin, il reconnut la silhouette d'Omar éclairée par la lune devant la véranda. Le garçon courut à sa rencontre. Il semblait bouleversé.

– Tu rentres jamais si tard. Tu n'étais pas chez Jean ?

– Si. Je ne pouvais pas partir plus tôt. Je t'expliquerai. Ça n'a pas l'air d'aller. Qu'est-ce qui s'est passé ?

– Ousmane a disparu depuis trois jours.

Omar était au bord des larmes.

– Qui te l'a dit ?

– Souleymane. Il vient de partir.

– Il est trop tôt pour s'inquiéter. Il a peut-être fait une fugue ?

– Mais non, je suis sûr qu'il est mort !

Philippe était désemparé.

– Tu as dîné ?

– Non, je t'attendais. Aïssata a tout préparé.

Ils commencèrent à manger dans un silence oppressant. Philippe cherchait désespérément un sujet de conversation.

– Tu m'as dit que tu m'expliquerais ce que tu as fait chez Jean, lâcha Omar en fin de repas.

– Il m'a longuement raconté sa vie au Congo et la raison de sa venue à Faedi. Je ne peux pas tout te dire, mais il lui est arrivé un grand malheur et je comprends maintenant pourquoi il est si pessimiste.

Philippe débarrassa la table et rejoignit Omar sur le sofa.

– Écoute-moi. Je vais continuer ma semaine de repos tranquillement. Si Aïssata peut venir un peu plus souvent, ça me fera plaisir, mais je ne veux voir personne d'autre, absolument personne.

– Même pas Ahmed ? Il ne sait pas quoi dire aux malades qui viennent au dispensaire.

– C'est pourtant pas compliqué ! Il n'a qu'à dire que le toubib reprendra ses consultations samedi.

– Même pas le maire ?

– Personne. J'ai besoin de réfléchir.

Ce samedi, jour de reprise de ses consultations, Philippe se réveilla de bonne humeur. Fin août, la saison des pluies était loin d'être finie mais, ce matin, le temps était radieux, la température agréable. Il avait dormi comme un loir et fut surpris d'apprendre par Omar que l'orage avait grondé une partie de la nuit. Ahmed l'accueillit cordialement :

– Ah, toubib, content de vous revoir ! Oh là là ! Vous avez beaucoup maigri. Comment ça va ?

– Mieux, merci. Excuse-moi pour le travail supplémentaire que tu as eu en mon absence.

– Ce n'est rien, patron, mais pour votre retour vous allez avoir du boulot.

Effectivement, une foule compacte attendait le toubib. Beaucoup de mères avec leurs enfants souffrant du paludisme. Ludo multiplia les allers-retours pour amener des petits corps brûlant de fièvre. Les malades étaient si nombreux que l'ancienne pharmacie fut bientôt pleine, et qu'il fallut installer des nattes à même le sol dans le nouveau bâtiment. Ses murs épais assuraient aux patients une relative protection contre la chaleur, mais Philippe regrettait de devoir transgresser l'interdiction qu'il avait lui-même édictée d'utiliser la pharmacie autrement que pour le stockage des médicaments. Vers midi, il s'accorda une pause.

– Encore combien de personnes ?

– Une trentaine.

– Je m'étais juré de finir vers treize heures mais ça ne va pas être possible. Ahmed, peux-tu filer chez le Libanais acheter des biscuits et des raisins secs pour nous trois. Voilà de l'argent.

– OK, patron !

Dès que l'infirmier se fut éloigné sur sa moto flambant neuve, Philippe se rendit dans la pharmacie. Il enjamba les corps inertes jusqu'à l'armoire métallique qui contenait les archives. Les bordereaux de livraison des médicaments étaient dans un tel désordre qu'il renonça rapidement à chercher ceux de la chloroquine contrefaite.

Le soir, dans sa chambre, il s'efforça de faire le point. Quels pouvaient être les motifs de la suppression de Cauchoix ? Une dette de jeu qui tourne mal ? Il faudrait commencer par vérifier si Canthi était arrivé en retard à la mine le jour de « l'accident », comme l'avait prétendu Otéro. La découverte d'un trafic de faux médicaments mettant en danger ses auteurs ? Comment savoir à quelle date Cauchoix avait eu des doutes sur la qualité de la chloroquine et écrit sur les lots suspects « à faire analyser » ? Avait-il commencé des démarches en ce sens ? Ou bien sa mort était-elle la conséquence d'une vengeance tardive de Bardin pour des faits survenus à Pointe-Noire ? Il ne lui aurait probablement jamais dit qu'il connaissait Cauchoix avant son arrivée à Faedi, si Aïssata n'avait pas découvert la photo des deux couples. Selon Jean, ses relations amicales avec Cauchoix avaient cessé le jour où il avait appris qu'il était un agent des renseignements et tenait le gouvernement français informé des projets de l'opposition congolaise. Cauchoix avait-il repris du service à Faedi comme agent de renseignement ? Si oui, avait-il été démasqué ? Était-il sur le point de révéler un projet de putsch ? Que lui, Philippe, jeune médecin altruiste, veuille se rendre utile était compréhensible, mais que Cauchoix, habitué à la vie facile de Pointe-Noire, soit imprégné des mêmes sentiments humanistes et accepte de passer deux ans dans ce trou sinistre était peu crédible. Il devait y avoir une autre raison à sa présence à Faedi. Ou alors, Cauchoix avait-il été victime d'un règlement de compte lié à sa vie personnelle prétendument tumultueuse ? Ou avait-il fait une gaffe, du style de celle que lui avait commise en se payant la tête du roi de Sayoun ? Difficile de croire qu'un « vieil Africain » comme Cauchoix ait pu commettre une telle erreur.

Philippe ne savait plus que penser. Il ne pouvait partager ses réflexions avec personne. Le seul en qui il avait confiance était trop jeune pour qu'il lui fasse part de ses états d'âme. Et puis, pourquoi faisaient-ils tous front contre lui, Ould Saya, Renouard, Bardin, pour qu'il cesse de chercher les causes de la mort de son prédécesseur ? Était-ce par charité à son égard ou avaient-ils intérêt à ce que demeure cette chape de plomb ? Surtout, ne pas devenir parano… Philippe alla dans la cuisine se préparer un thé à la menthe. Il conclut qu'il ne pouvait privilégier aucune hypothèse tant qu'il n'aurait pas résolu l'obsédante question : qu'allait faire Cauchoix en direction du sud après avoir brusquement annulé sa consultation ?

Installé entre les dernières maisons du quartier maure et le terrain de football, le marché bi-hebdomadaire à ciel ouvert de Faedi ne présentait aucun charme particulier. Un projet de marché couvert existait mais les fonds manquaient. En attendant, les vendeuses de fruits et légumes étalés à même le sol cohabitaient avec les bouchers, marchands de volailles et boulangers qui bénéficiaient de tables en bois pour présenter leurs produits. Omar voulait voir les animaux et avait convaincu Philippe de l'accompagner au marché ce vendredi matin. Le médecin avait espéré y trouver une ambiance typique, voir des femmes portant des bijoux en argent et des robes de couleur, humer des parfums inconnus, mais rien de tout cela. Malgré tout, l'espace réservé aux animaux était animé. Chèvres, moutons, zébus et dromadaires changeaient de propriétaire à l'issue de brèves transactions ponctuées de remises de billets comptés à toute vitesse par des commerçants avisés. Chaleur, poussière, nuées de mouches, Philippe ne voulait pas s'éterniser, mais Omar lui avait dit que le coin des guérisseurs, marabouts et féticheurs l'intéresserait sûrement. Ils y arrivaient précisément. Philippe était démoralisé de voir des pilules de toutes les couleurs vendues à l'unité comme médicaments miracles par autant de femmes que d'hommes. Il espérait seulement que ces médicaments ne provenaient pas du dispensaire. Une grosse femme wolof, entourée d'une ribambelle d'enfants en bas âge, vendait des bouteilles remplies d'un liquide jaunâtre dans lequel flottaient racines et têtes de serpent.

– Demande-lui si ça se boit en apéritif.

Omar haussa les épaules.

– Elle dit que ça guérit les rages de dents, les hémorroïdes, les règles douloureuses, l'impuissance, la grippe, la rougeole et la méningite.

– C'est tout ?

La femme vendait également des pots remplis d'argile. Philippe avait renoncé à essayer de convaincre les femmes enceintes que manger de la terre ne les rendrait pas plus fortes pendant leur grossesse. « Cette croyance est ancestrale, ne perds pas ton temps avec ça. » lui avait dit Christian.

Ils arrivèrent enfin à l'emplacement occupé par les guérisseurs, marabouts et féticheurs. L'un d'entre eux devait être particulièrement persuasif car une foule compacte d'hommes, de femmes et d'enfants de tous âges était agglutinée devant son commerce. C'était un vieil indien chétif, torse nu, portant une longue barbe poivre et sel, coiffé d'un turban au milieu duquel brillait une pierre rouge. Impassible, il se contentait de prendre les billets que lui remettait son bras droit, un métis d'une trentaine d'années, à la stature imposante, au regard fixe et aux gestes mécaniques. Les gens achetaient des petits sachets de poudre de toutes les couleurs, des pierres noires, des crânes de singe, des pattes de poulet brûlées et des livres en arabe.

– C'est un féticheur, souffla Omar, mal à l'aise.

L'homme au regard fixe tendit un sachet de poudre noire à une vieille femme arc-boutée sur sa canne. Omar chancela et s'agrippa au bras de Philippe.

– La bague à sa main droite…, c'est celle d'Ousmane.

– Tu es sûr ?

– Oui, c'est Silé qui lui avait donnée. J'ai reconnu le palmier et les deux autruches.

Philippe crut qu'Omar allait défaillir. Il tremblait de tous ses membres et se mit à vomir. Ils quittèrent rapidement le marché et rentrèrent en moto taxi. En milieu d'après-midi, ils se rendirent à la gendarmerie. Un gradé prit la déposition d'Omar et le soir même les gendarmes perquisitionnèrent le domicile du suspect. Il vivait seul dans une maison abandonnée à vingt kilomètres au nord de Faedi. Une odeur pestilentielle prit les gendarmes à la gorge à leur arrivée. Des corps décapités pourrissaient dans une fosse recouverte d'une planche en bois. La pièce principale était pleine d'animaux empaillés et de fioles contenant du sang. Dans la chambre de l'individu, quelques têtes de jeunes garçons « décoraient » une étagère. L'homme se laissa arrêter sans résistance mais ne répondit à aucune question, et personne ne parvint à déceler dans son cerveau malade la raison des atrocités qu'il avait commises. La version officielle fut qu'il avait été abattu d'une rafale de mitraillette en tentant de s'échapper lors de son transfert à la prison de Faedi. « Il valait mieux que ça se termine comme ça, dit le maire à Philippe car la foule en colère aurait mis le feu à la prison. »

Les insectes cessèrent leur concert nocturne et, maintenant, tout était silencieux. L'homme en baskets semblait glisser sur le chemin, tel un fantôme. Arrivé devant la terrasse, il ajusta sa cagoule et, contournant la maison, s'arrêta devant la fenêtre grande ouverte de la chambre d'Omar. Après avoir sorti un tournevis de sa poche, il jeta un coup d'œil aux alentours et dévissa la moustiquaire. Il attrapa le cadre, le déposa sur le mur extérieur et enfila des gants en soie. Il attendit un moment, enjamba le mur de la chambre et s'approcha du matelas où Omar dormait paisiblement. Puis il avança doucement, un sourire satisfait aux lèvres, et appuya brusquement sa main gauche sur la bouche du garçon tandis qu'il lui serrait la carotide de la main droite. Omar se débattit en vain avant de suffoquer. Il ouvrit les yeux et se réveilla en sursaut. Quel cauchemar horrible ! Il passa la main sur sa gorge et respira à plein poumons. Trempé de sueur, il se leva pour vérifier que la moustiquaire était bien fixée. L'inspection le rassura, mais cette forte odeur d'essence… Là, il ne rêvait pas ! Il courut jusqu'à la chambre de Philippe.

– Quelqu'un dehors va mettre le feu !

Le médecin se leva d'un bond et se rua à l'extérieur. Une ombre versait un jerrican d'essence sur la voiture. Surpris, l'homme lâcha le bidon et détala.

– Espèce de fumier !

Philippe lui courut après quelques mètres mais, pieds nus sur le chemin pierreux, il ne le rattraperait pas. Il ramassa une pierre et la lança de toutes ses forces sur la silhouette qui disparaissait. Au cri de douleur, il sut qu'il avait atteint le fugitif.

– Je t'ai reconnu, espèce de crevure, hurla Philippe, ce qui était faux, car il n'avait pas pu dévisager l'assaillant.

Il fit plusieurs fois le tour de la maison avant de rentrer. Omar avait allumé toutes les lumières et s'était posté derrière la porte du séjour, un couteau de cuisine à la main.

– Tu peux ranger ça. Il n'est pas prêt de revenir.

– Tu as vu qui c'était ?

– Non, mais je lui ai envoyé une grosse pierre, et il a poussé un cri qui me dit quelque chose.

– Tu te rends compte, si je n'avais pas fait de cauchemar…

– Nous n'aurions plus de voiture et peut-être de maison. Il avait fini de vider un bidon d'essence de vingt litres et s'apprêtait à l'enflammer.

– Mais pourquoi, Philippe ? Pourquoi ?

– Je ne sais pas. Il est quatre heures. Allons nous coucher. J'aurai les idées plus claires demain matin.

– Je peux dormir dans ta chambre ?

– Si tu veux, mais ne t'inquiète pas, il ne reviendra pas.

Omar vérifia que la porte de la véranda donnant sur la terrasse et celle ouvrant sur le séjour étaient fermées à clef avant d'éteindre les lumières. Puis il mit son matelas à côté du lit de Philippe.

– On devrait prendre un gros chien de garde, soupira-t-il après que Philippe eut éteint sa lampe électrique.

– Tu sais bien qu'il n'y a pas de chien de garde par ici. Ce sont tous des peureux. Il suffit de lever la main et ils se sauvent. Mais tu as raison. Il nous faut une protection. J'en parlerai au maire demain. Je me lèverai dès qu'il fera jour.

J'irai regarder autour de la voiture et sur le chemin. Notre agresseur a peut-être perdu quelque chose en s'enfuyant, qui nous permettra de l'identifier. Nous le trouverons, fais-moi confiance.

Il mesurait plus d'un mètre quatre-vingt-dix et pesait près de cent cinquante kilos. Tiré à quatre épingles, chemise blanche et cravate noire, chaussé de bottes marron soigneusement cirées qui lui montaient aux genoux, le colonel de gendarmerie Si Mustapha Mebtoul écoutait Philippe lui raconter les évènements de la nuit. Son visage massif, doté d'un regard impénétrable, planté sur un cou taurin, dégageait une impression de puissance contenue prête à exploser. Sa main énorme entourait le verre de thé à la menthe posé devant lui. Malgré la gravité de la situation, Omar luttait contre un fou rire naissant. Il imaginait le colonel se laisser tomber sur le sofa et envoyer valser le maire, léger comme une plume, assis à l'autre extrémité. Philippe terminait sa relation des faits. Le colonel passa la main sur son crâne chauve aussi brillant que ses bottes, et regarda son verre comme s'il y cherchait l'inspiration, avant de le porter lentement à ses lèvres.

– Colonel, je vous remercie infiniment d'avoir pris la peine de venir jusqu'ici, surtout un jour de congé. C'était à moi de me déplacer.

– Je vous en prie, docteur, dit le militaire d'une voix étonnamment douce pour un visage si dur. Quand monsieur le maire m'a dit ce qui était arrivé, j'ai considéré qu'il était de mon devoir de vous rendre visite.

Le colonel se pencha en arrière et le dos du sofa émit un craquement alarmant.

– Résumons : l'individu est blessé, ce que confirment les traces de sang sur le chemin. Dans sa fuite, il a perdu un briquet en plastique blanc, celui qui est posé sur la table. Il avait sans doute prévu d'allumer une torche de fortune pour la jeter sur la voiture, car je l'imagine mal mettre le feu à l'essence directement avec son briquet, sauf à vouloir brûler vif avec votre véhicule. Avons-nous affaire à un fou ? Il y en a ici vous savez ! Avant sa tentative, il a punaisé sur la porte de votre véranda le message que vous avez trouvé ce matin. Le colonel mit ses lunettes et lut d'un ton neutre : « Dernier avertissement. Arrête de chercher si tu ne veux pas griller comme un poulet. » Curieux message. Arrête de chercher quoi ?

Philippe jeta un coup d'œil au maire qui n'avait pas dit un mot mais dont le regard impassible semblait l'inciter à la prudence.

– Franchement, je n'en sais rien !

– Allons, docteur, il paraît que vous ne croyez pas que le docteur Cauchoix a eu un accident et que vous êtes convaincu qu'il a été assassiné.

Le ton était légèrement ironique.

– C'est exact, mais je n'en fais pas une fixation. En tout cas, si l'on veut que je cesse de m'interroger sur les circonstances de la mort de mon prédécesseur, ce message renforcerait plutôt mes doutes. Vous ne trouvez pas ?

Un ange passa.

– On peut l'analyser comme ça. Je vous précise que les autorités ne m'ont pas demandé d'enquêter sur les causes de l'accident du docteur Cauchoix. Mais, compte tenu de la nationalité du défunt, j'ai jugé préférable de faire un rapport à l'ambassade de France. Je n'ai eu aucune réaction.

Le colonel engloutit bruyamment quelques beignets.

– La population vous apprécie beaucoup, docteur, mais votre franc-parler peut choquer. Les gens sont susceptibles ici. Vous êtes-vous disputé avec quelqu'un récemment ? Et, excusez-moi d'être si direct, avez-vous séduit une femme mariée ?

– Je peux répondre par la négative à ces deux questions.

Subitement, il pensa à sa relation avec Liliane à laquelle il avait mis un terme depuis plusieurs mois. Une vengeance tardive de René était-elle possible ?

– Excluons ces pistes alors. En attendant les résultats de l'enquête, je dois assurer votre sécurité. À partir de ce soir, un de mes hommes sera posté devant votre maison de sept heures du soir à sept heures du matin. Je pense que sa présence sera dissuasive. Mais attention ! Les moyens de se débarrasser de quelqu'un ne manquent pas. Méfiez-vous de ne pas être empoisonné par de la nourriture ou des boissons.

– Merci, j'ai un goûteur, dit Philippe en regardant Omar.

– Secrétaire, guide, interprète et goûteur ! J'espère que tu es bien payé mon garçon.

– Je plaisantais bien sûr, colonel, c'est aussi un trait de mon caractère qui peut déplaire. Sérieusement maintenant, je vous remercie pour votre mise en garde et je serai prudent.

– Parfait ! En parlant d'Omar, Aminou aimerait bien le voir plus souvent.

– Mais lui aussi ! dit Philippe. Omar lui jeta un regard furibard. Mais il est très occupé et dès que nous avons une minute, je lui sers de précepteur. On essaiera de trouver un peu de temps.

– Très bien. Je vous laisse vous reposer.

Le colonel se leva et avança le bras.

– Vous savez que rien qu'en vous serrant la main…

– Vous pourriez me la broyer.

– Oui, mais je pourrais surtout vous empoisonner.

– Ah non ! J'ai des gants invisibles !

Le colonel regarda Philippe avec un brin de condescendance, puis il se mit à rire d'une manière bizarre. On aurait dit le moteur d'une voiture qui peine à démarrer.

Le jour se levait à peine le lendemain lorsque Philippe prit le volant pour se rendre au dispensaire. Il voulait examiner les malades « hospitalisés » avant le début des consultations. Tout en conduisant, il repensait à son entrevue avec le colonel, qui lui laissait une impression mitigée. Il s'en voulait d'avoir été, comme souvent, trop bavard. Curieux personnage que ce mastodonte ! Son calme apparent, accentué par sa voix suave, devait dissimuler un caractère peu commode. Sa décision de poster une sentinelle la nuit était bienvenue. En revanche, son allusion à une possible tentative d'empoisonnement était déconcertante. S'agissait-il d'un réel danger ou de lui faire peur ? Et si oui, dans quel but ? Et pourquoi tenait-il tant à ce que son fils voit Omar ? Et quel sens donner au mutisme du maire pendant leur entretien ? Méfiance ou simple discrétion ? En tout cas, il était urgent de prévenir Christian des évènements, et de lui demander conseil. Il l'appellerait par la radio dès que possible.

Omar arriva vers huit heures. Il pouvait commencer les consultations.

– Tu as vu Ahmed ?

– Pas encore. Tu sais que le samedi matin, il arrive souvent en retard.

Deux heures plus tard, l'infirmier n'était toujours pas là. En fin de matinée, un enfant apporta un papier plié en quatre « Pour le toubib de la part d'Ahmed ». Philippe le déplia et reconnut l'écriture de l'infirmier. « Excusez-moi patron, j'ai une grosse crise de palu et ne pourrai pas venir travailler pendant quelques jours. Ne vous en faites pas pour moi. Je vais me faire des piqûres de quinine. Ahmed. »

– Drôle de coïncidence ! Qu'en penses-tu ?

Omar était excité.

– Il ment ! Il a un trou à la tête et ne peut pas venir travailler comme ça ! Il ment ! C'est lui !

– Tu as sans doute raison, mais il faut en être certain. La seule solution est d'aller le voir chez lui. Tu sais où il habite ?

– Non, mais le maire doit savoir.

– Nous ne pouvons pas le déranger à l'heure du déjeuner. Nous irons après les consultations.

Ould Saya écouta Philippe sans broncher lui raconter les motifs de l'absence d'Ahmed et lui faire part de ses soupçons.

– Je peux vous conduire chez lui. Allons-y !

– Vous pensez qu'il faut prévenir le colonel ?

– C'est inutile. De toute façon, ton infirmier ne sera pas chez lui mais chez un cousin ou un oncle, pour un motif ou un autre, mais au moins tu auras vu sa maison.

– Si vous êtes sûr qu'on ne le trouvera pas…

– Allons-y quand même. Tu verras, sa maison est très belle.

Le maire guida Philippe dans le quartier maure. À peine venaient-ils de s'engager dans un dédale de ruelles poussiéreuses que l'ambiance jusqu'alors chaleureuse changea. Les gens regardaient passer le véhicule en silence. Même les enfants semblaient amorphes.

– L'atmosphère est bizarre, dit Philippe.

– Pesante, tu veux dire.

Ils arrivèrent devant une maison à un étage. Le mur d'enceinte était en construction, mais le bâtiment venait d'être repeint et les fenêtres dotées de vitraux en albâtre et de moucharabiehs en bois finement sculptés.

– C'est ici. Gare-toi. Sortons et ferme à clef.

Ils traversèrent rapidement la cour et grimpèrent les marches menant à la porte d'entrée. Un homme d'une vingtaine d'années ouvrit. À la vue des visiteurs, des femmes voilées s'enfuirent au plus profond de la maison avec des enfants en bas âge.

Ould Saya et le jeune homme échangèrent quelques mots en hassanya.

– Partons. Je t'expliquerai dans la voiture.

Dès qu'ils eurent quitté les ruelles, l'ambiance redevint hospitalière. Les habitants leur faisaient des signes amicaux tandis que les enfants couraient joyeusement autour du véhicule.

– Son fils aîné m'a dit qu'Ahmed soignait son paludisme chez son oncle, parce qu'il y a trop d'enfants et de bruit à la maison. Pas la peine d'aller chez l'oncle, il sera parti chez le cousin. Il est protégé par son clan. Nous ne le trouverons pas. J'ignore quelle histoire il a pu leur raconter, en tout cas, il était là, j'en suis certain. Tu as vu la poubelle dehors en partant ?

– Oui, pleine de pansements ensanglantés. Il doit être bien abîmé.

– Que fait-on ?

– Il faut que j'appelle Christian pour lui résumer la situation. La radio ferme dans vingt minutes. Si vous demandez à l'opérateur de rester un peu plus longtemps, acceptera-t-il ?

– Évidemment, je suis le maire !

Philippe se mordit les lèvres. Cela faisait quelque temps qu'il n'avait pas fait de gaffe. Ce n'était pas le moment de vexer Ould Saya !

L'opérateur les accueillit en maugréant mais commença les manipulations nécessaires pour joindre l'hôpital de Khoum. Au bout d'un quart d'heure, on entendit une voix féminine difficilement compréhensible dire que le docteur Renouard était rentré chez lui.

– Allez le chercher, s'il vous plaît, c'est urgent.

– Mais je ne peux pas quitter mon poste !

– Envoyez quelqu'un, je dois parler au docteur Renouard.

– Bon, mais ça va être long. C'est mieux s'il rappelle.

– D'accord. J'arrête la communication, mais j'attends près de la radio.

Le maire ne semblait pas affecté par la tournure des évènements mais l'opérateur devenait nerveux. Il alluma une cigarette puis une deuxième. Personne ne disait mot. Une demi-heure plus tard, la lampe rouge de la radio clignota et on entendit la voix essoufflée du médecin-chef.

– Que se passe-t-il mon vieux ?

Ould Saya fit signe aux deux autres de le suivre et sortit. En quelques mots, Philippe informa Christian des évènements.

– Ça alors ! Tu es certain qu'Ahmed a fait le coup ?

– À cent pour cent. Je te donnerai les détails plus tard.

– Eh bien ! C'est invraisemblable. Remarque, Cauchoix avait déjà viré les deux infirmiers précédents. Ça devient impossible de travailler si on ne peut plus avoir confiance dans le moindre auxiliaire de santé… Et cette menace de mort… Est-ce que tu as pris un gardien ? Je le paierai de ma poche. Tu ne peux pas continuer dans ces conditions…

– Merci, mais le colonel m'a affecté un militaire la nuit.

– Ça me rassure un peu, mais il faut qu'on discute de tout ça. Je suis pris pendant une quinzaine de jours par mon boulot de médecin-chef. Je dois inspecter la zone sanitaire de Rosso et recevoir une délégation de l'UNICEF. Ceux-là, je te jure, je me passerais de leur visite !

– Viens dès que possible.

– Je te laisserai un message pour te prévenir de mon arrivée. D'ici là, sois prudent. Mon pauvre Philippe, je suis désolé et tout ça me dépasse.

– Moi aussi. À bientôt.

Dès l'extinction de la lumière de la radio, Philippe s'approcha de l'étagère où était rangé le registre des appels. Il était bien tenu et, même si l'objet de la communication n'y figurait pas toujours, la date ainsi que l'identité de l'appelant et de l'appelé semblaient être méticuleusement répertoriées. Il eut vite fait de retrouver les appels reçus ou donnés dans la semaine précédant la mort de Cauchoix. Il déchira soigneusement les pages correspondantes et les mit dans sa poche. Puis il replaça le registre sur l'étagère et sortit. Les autres l'attendaient assis au pied du figuier que survolait une nuée de chauves-souris criardes. L'opérateur lui jeta un regard haineux. Philippe mit la main à sa poche.

– Je vous dois combien pour la communication ?

– Rien. Monsieur le maire a payé.

La protection nocturne de Philippe et d'Omar était assurée depuis une dizaine de jours par un jeune wolof sympathique, mais qui ne parlait pas un mot de français. À nouveau, Philippe se félicitait d'avoir recruté Omar. Le gendarme avait construit une guérite en bois devant la terrasse, suffisamment grande pour y installer son lit de camp et un coffre dans lequel il disait stocker eau et nourriture et – soupçonnait Omar – quelques bouteilles de bière. Philippe émettait des doutes sur l'efficacité d'un garde de nuit qui dispose d'un lit, mais le gendarme disait faire des rondes régulières et que s'il s'allongeait de temps en temps, il ne dormait jamais. D'ailleurs, avait-il ajouté, dormir au lieu de surveiller la maison l'enverrait en prison.

Ce soir, Philippe avait attendu l'arrivée du garde pour se mettre au volant. Il resta un long moment avant de se décider à démarrer. Ce dîner lui pesait prodigieusement, mais comment refuser de participer à la soirée d'adieu des Otéro ? Tout en roulant, il tentait de se rassurer : Souleymane avait accepté de dormir à la maison pour ne pas laisser Omar seul. Ahmed se savait démasqué et il était sans doute mal en point. Il ne se risquerait pas à revenir. Mais ses complices ? C'est ce qui le tourmentait. Il touchait au but et la vérité allait éclater, mais il avait le sentiment qu'un drame pourrait survenir à tout moment. Si quelque chose arrivait à Omar en son absence, il ne se le pardonnerait pas. De toute façon, il ne s'éterniserait pas. La perspective de se retrouver face aux Canthi et à Jean Bardin, qui serait sans doute d'humeur exécrable, accentuait sa frustration. Si seulement Louise et Anselme étaient encore là... Soudain, la photo du jeune communiant lui apparut. Mais ce soir, il ne souriait pas. Philippe respira profondément et fit un effort pour faire le vide. En garant la voiture, il réalisa qu'il retournait chez les Otéro pour la première fois depuis le jour où il avait soigné Manuela, et José lui avait fait part de ses soupçons concernant René. Le Basque lui ouvrit. Il ne portait pas son béret, et avait les traits tirés et les yeux rouges. La soirée s'annonçait sinistre.

– Bonsoir José. Et ben, ça n'a pas l'air d'aller !

– Si, mais on a un peu le cafard. Dix ans qu'on habitait ici, et des amis qu'on ne reverra sans doute jamais.

Manuela s'efforça de sourire en venant l'accueillir. Elle avait le visage défait.

– C'est gentil d'être venu, surtout après ce qui vous est arrivé. Elle se prit la tête. C'est idiot, j'aurais dû vous dire de venir avec Omar ! Je sais que vous n'aimez pas le laisser seul.

– Nous avons un garde. Je pense qu'il ne risque rien.

Philippe tourna la tête en entendant Liliane se lever du pouf sur lequel elle était assise et venir à sa rencontre, un verre à la main. Il ne l'avait pas revue depuis leur rupture, quelques semaines après qu'il ait fait la connaissance d'Aïssata.

Comme tous les jeudis soir, il s'était rendu chez les Canthi vers vingt-trois heures sûr, à cette heure, de ne pas rencontrer René qui jouait au poker en ville jusqu'au milieu de la nuit. Liliane avait tout de suite vu à son visage fermé que quelque chose n'allait pas.

– Tu es malade ? s'était-elle inquiétée.

– Il faut que nous cessions de nous voir. Notre relation n'a aucun sens, avait-il dit de manière lapidaire.

Il n'imaginait pas à quel point elle tenait à lui. Crise de larmes, hurlements, menaces, suppliques, trépignements, tout l'arsenal utilisé lors d'une rupture sans consentement mutuel avait suivi. Il était reparti, pas fier, sous un torrent d'injures.

Quel choc ! La rapidité de sa déchéance physique était impressionnante. La jeune femme sportive qu'il avait connue quelques mois auparavant avait vieilli de dix ans. Sa chevelure rousse parsemée de nombreux cheveux gris encadrait un visage bouffi.

– Ça va Liliane ? risqua Philippe.

– Très bien, grimaça-t-elle.

Elle empestait l'alcool et tremblait en tenant son verre. Il hésita avant de l'embrasser sur les joues. Elle eut un rictus et regagna le pouf sur lequel elle se laissa choir. Son verre lui échappa des mains et se brisa sur le sol.

– Ce n'est rien, dit Manuela. Ça nous fera un verre de moins à emballer.

René haussa les épaules.

– Si ça peut vous aider, elle peut vous en casser d'autres.

Il avait encore grossi. Les boutons ouverts de sa chemise laissaient voir les plis de son ventre ruisselant de sueur. Philippe pensa qu'avec un type pareil cette pauvre Liliane avait de bonnes raisons de s'être mise à boire.

L'apéritif se prolongea en attendant Jean Bardin. Il arriva vers vingt-et-une heures avec sa tête des mauvais jours et grommela un « bonsoir tout le monde » funeste. Ils passèrent à table immédiatement car Manuela avait mis la viande à cuire depuis longtemps.

Ils n'étaient plus que six, la communauté expatriée se réduisant comme peau de chagrin. Combien seraient-ils à la fin de l'année ? Les cartons empilés dans la pièce accentuaient la morosité ambiante et le dîner commença dans un silence pesant.

– Buvons à vos projets, lança Philippe. Vous allez nous dire tout ça. Au fait, pourquoi partez-vous ?

D'un geste, José empêcha sa femme de répondre.

– On me propose le poste de chef-comptable de la conserverie de poissons qui vient d'être créée près du port de Nouakchott avec des capitaux mixtes, mauritaniens et français. Je percevrai un salaire double de celui que je touche actuellement à la mine.

– Ouais, mais vous aurez un loyer à payer là-bas et c'est pas donné !

– C'est vrai, René, mais au début nous serons hébergés par des amis qui ont une maison près de l'évêché.

– Justement, qu'est-ce qu'elle devient votre maison ?

– Nous l'avons vendue à une famille de Maures. Pas bien cher, mais enfin... Désolé pour vous, Liliane et René, vous allez être un peu isolés.

– Nous, du moment que c'est pas des Noirs, on s'en fout ! C'est vrai, hein ?

Canthi chercha du regard l'approbation de sa femme.

– Non, c'est faux. Liliane avait la voix pâteuse. Faedi se vide de ses Français. Vous n'allez pas partir Philippe ?

– Je n'en ai pas l'intention. Mon contrat se termine à la fin de l'année 1972.

– Eh bien, je suis contente que vous restiez, car même si tu... si nous ne pouvons pas nous voir souvent... à cause de vos occupations, savoir que tu es là me rassure.

– Ouais, dit Canthi. Si on est malades, c'est mieux d'avoir un médecin sous la main.

– Je ne parle pas de Jean, marmonna Liliane en se servant un autre whisky, il reste dans son coin, il est aussi sympa qu'un épouvantail.

– Si je peux ajouter quelque chose, intervint Manuela, nous partons aussi parce que nous ne nous sentons plus en sécurité. Même en plein jour maintenant, il y a des coupeurs de route. Philippe, soyez prudent quand vous allez visiter vos dispensaires de brousse.

– En plus, soupira José, il y a ces rebelles venus du Sahara. L'armée dit les contenir, mais qui le croit ? Et puis avec toutes ces purges, ces vrais ou faux putschs, on se demande si l'armée est motivée. Et après la tentative d'incendie de votre voiture, Philippe, est-ce qu'on ne va pas s'en prendre à tous les toubabs ? Au fait, vous avez trouvé le coupable ?

– À quatre-vingt-dix-neuf pour cent, oui.

– Ah bon ! Qui est-ce ?

– J'attends d'être sûr à cent pour cent avant de le dire.

– Il paraît qu'il y avait un message sur votre porte.

– Vous êtes bien renseigné, René.

Il devint rouge tomate.

– Tout le monde est au courant !

– Et qu'est-ce qu'il disait ce message ? bafouilla Liliane. Dites-le nous, mon petit toubib.

Philippe ne souhaitait qu'une chose : qu'elle s'endorme avant de provoquer un esclandre.

– Au fait, vous cherchez toujours l'assassin de Cauchoix ? dit Canthi d'un ton sarcastique.

– Pourquoi ? Ça vous inquiète ?

Les dents serrées, Canthi tremblait de rage. Encore un mot, et il se jetterait sur ce blanc-bec qu'il soupçonnait d'avoir été l'amant de sa femme. Fort à propos, Bardin détourna l'attention en cognant sa pipe contre la table avant de la vider dans le cendrier. Il la bourra lentement, l'alluma et tira quelques bouffées en direction du plafond.

Vers vingt-trois heures, les invités prirent congé. Jean Bardin prononça sa deuxième phrase de la soirée.

– Merci pour le dîner, bon voyage et bonne chance !

– Vous viendrez peut-être nous voir à Nouakchott ?

– Ça m’étonnerait. Je n’y suis pas allé une fois depuis que je suis à Faedi. Mais après tout, continua-t-il d’un air bizarre en fixant Philippe, sait-on jamais ?

Ce dernier vendredi de novembre, le troisième après la tentative d'incendie, Christian arriva à Faedi en début d'après-midi. Il accompagna Philippe pendant sa visite aux malades entassés dans l'ancienne pharmacie et ils inspectèrent ensemble le nouveau bâtiment qui abritait les médicaments. Ils en sortirent à seize heures et se dirigèrent vers le figuier sous lequel le médecin-chef avait garé son véhicule. D'habitude, à cette heure, les familles commençaient à sortir de chez elles pour déambuler en ville selon un rite immuable mais, ce jour-là, la cité était encore étonnamment calme, comme assoupie. Renouard s'essuya le visage avec une lingette à l'eau de Cologne et alluma une cigarette.

– Franchement, je suis admiratif. Les médicaments sont impeccablement rangés. Comment fais-tu sans infirmier ?

– J'ai engagé un jeune déscolarisé, intelligent et organisé. Quand je lui demande une boîte de médicaments, il la trouve plus vite qu'Ahmed.

– Toujours pas d'indication sur l'endroit où il se cache celui-là ?

– Aucune. Il est protégé par son clan, m'a dit le maire, et n'est pas prêt de réapparaître.

– N'en sois pas si sûr ! Il est capable de revenir un beau matin avec une cicatrice à la tête et de te dire : « Patron, ma crise de palu est guérie. »

– Eh bien, je l'accueillerai, fais-moi confiance !

– Et tu en profiteras pour lui demander la signification du message punaisé sur ta porte. Je t'avais dit que tu t'attirerais des ennuis en enquêtant. En tout cas, c'est clair, un comparse d'Ahmed a fait le coup, puisque lui était au dispensaire au moment de la mort de Cauchoix.

– Oui, il avait pris soin de me dire que sa moto était en panne ce jour-là.

– Quant au mobile, j'ai bien réfléchi et j'ai une explication : Cauchoix était excédé par le vol de médicaments. On trouve de tout sur les marchés : comprimés, seringues… Pour un infirmier malhonnête – comme je te l'ai dit, ils le sont tous – c'est juteux. Je ne serais pas étonné que Cauchoix ait décidé non seulement de renvoyer Ahmed mais de le dénoncer à son copain de poker, le colonel de gendarmerie, pour qu'il le mette en tôle un moment. N'oublie pas que Cauchoix était un militaire intransigeant. L'autre abruti a pris peur et a décidé de le supprimer.

– Ça pourrait être ça, dit Philippe songeur avant de le regarder droit dans les yeux. Christian, savais-tu que Cauchoix doutait de la qualité de la chloroquine qu'il avait reçue ?

– Non ! Qu'est-ce que c'est que cette histoire ?

– J'ai retrouvé un mot de sa main où il manifeste son intention de faire analyser certains lots. Il ne t'en a pas parlé ?

– Jamais.

– Il n'a sans doute pas eu le temps.

Renouard prit une bouteille d'eau dans la voiture et s'en aspergea la tête avant de jeter un œil autour de lui.

– Mais où sont passés tous les gens ?

– Oui, c'est bizarre qu'ils soient encore chez eux à cette heure.

Renouard se recoiffa et se passa une autre lingette d'eau de Cologne sur le visage.

– Philippe, la situation est encore plus grave que ce que je pensais. Je ne sais pas ce qui avait motivé les doutes de Cauchoix et s'ils étaient fondés, mais tu ne peux plus rester ici. Ahmed fait sans doute partie d'un réseau de criminels puissant et prêt à tout. Ils ne sont pas à un mort près. Tu ferais mieux de finir ta mission à l'hôpital de Nouakchott, aux urgences, où ton expérience dans ce domaine sera très utile. Qu'en penses-tu ?

– Et il faudrait que j'abandonne tout ce que j'ai fait ici depuis plus d'un an ? Non merci ! J'apprécie ta sollicitude, mais je ne veux pas donner une prime aux assassins.

– Philippe, tu sais toute l'amitié que j'ai pour toi. Je crains, si tu t'obstines, que tu finisses entre quatre planches.

– Je vais te paraître arrogant mais cette perspective ne m'impressionne pas.

– Voyons, le ton du médecin-chef était celui d'un adulte s'adressant à un enfant têtu, tu n'es pas seul, ta famille attend ton retour.

– Je n'ai pas de famille. Personne ne m'attend.

Ils se turent, à court d'arguments.

– J'aurais vraiment tout tenté, murmura Renouard comme pour lui-même. Après tout, c'est ton choix. Je file, il faut que j'arrive avant la nuit. J'espère au moins que ton garde est sérieux.

– C'est un jeune consciencieux.

– Tu parles ! Reste-t-il avec vous la nuit ?

– Non, sa présence serait pesante. Il est posté sur le chemin qui mène à la maison et ne peut pas louper l'arrivée d'un intrus.

Renouard grommela des mots inintelligibles en secouant la tête et s'installa au volant. Philippe suivit la voiture du regard jusqu'à ce qu'elle disparaisse derrière les maisons du quartier maure.

Il rentra, tracassé par sa conversation avec Christian et déconcerté par l'ambiance étrange qui régnait en ville. Sorties tardivement, les familles habituellement joyeuses et bruyantes, avides de rencontres, lui avaient semblé apathiques, comme frappées par un mal mystérieux, au contraire d'Omar qui, lui, ne tenait pas en place. Il faisait d'incessants va-et-vient jusqu'à la terrasse pour guetter l'arrivée du garde alors qu'il n'était pas attendu avant dix-neuf heures. Il décida de le laisser faire, sachant qu'il était inutile de tenter de le raisonner lorsqu'il était en proie à une telle agitation.

Le jeune militaire arriva tout sourire avec quelques minutes de retard et leur serra la main, comme tous les soirs avant de prendre son service. Quel âge pouvait-il avoir ? Pas plus de dix-huit ans… Dans son uniforme trop grand et avec son casque trop large, il n'était pas particulièrement intimidant. Mais au moins, il avait un fusil. Avoir un chien de garde, comme l'avait suggéré Omar, n'aurait-il pas été plus sécurisant ? Les chiens de Faedi étaient tous des couards, avait confirmé le maire, et la recrudescence de la rage avait décimé la population canine. Alors, aurait-il fallu accepter la proposition de Jean de lui prêter un de ses pistolets ? Philippe avait horreur des armes à feu et était maladroit. Et puis, avec les copains d'Omar qui venaient à la maison, ça n'aurait pas été prudent.

Il lut un peu pendant qu'Omar mettait le couvert dans la cuisine.

– Aïssata a préparé trop de salade. Je vais en donner à Salem.

Il opina du chef sans lever la tête de son livre. Vers vingt heures, il s'inquiéta qu'Omar ne soit pas encore rentré et s'apprêtait à sortir lorsqu'il entendit le claquement de la porte de la véranda.

– T'en as mis du temps ! Qu'est-ce que vous avez fait ?

– Il m'a parlé de son village, de sa famille, et m'a montré une photo de sa fiancée.

– Elle est belle ?

– J'ai pas pu voir, sa lampe électrique n'a plus de pile.

– C'est pratique pour voir la tête des visiteurs !

Le garçon alla dans sa chambre chercher un petit sac en peau de chameau fermé par une cordelette en velours rouge.

– Qu'est-ce que c'est ?

– Un cadeau d'Aminou.

– Beau sac ! Il y a des bijoux à l'intérieur ?

– Mais non, des billes !

Omar sortit une poignée d'agates de toutes les couleurs.

– Regarde comme elles brillent. Il y a une bille très ancienne que je ne te montrerai pas.

– Tu as peur que je te la vole ?

– Non, mais il m'a dit que c'était un gris-gris. Je la garde sur moi.

– Toi et tes gris-gris !

– Je sais que tu n'y crois pas, mais tu as tort !

Ils dînèrent sans appétit. Omar sortit sur la terrasse à plusieurs reprises, sous divers motifs, le dernier étant de voir si la lune s'était levée.

– Et alors ?

– Non, le ciel est noir, encore plus que d'habitude.

Après le dîner, ils entamèrent une partie d'échecs. Omar avait fait des progrès notables mais, ce soir, il jouait distraitement et tendait l'oreille plus qu'il ne regardait l'échiquier. La partie s'éternisait car Philippe ne jouait pas mieux. Vers vingt-deux heures, il ne leur restait plus que le roi et quelques pions.

– Je pense que la partie est nulle. Tu es d'accord ?

– Chut… Tu as entendu ?

– Mais quoi ?

– Une moto dans la grande rue. Elle s'est arrêtée pas très loin.

– Écoute, il n'est pas interdit de circuler en moto !

– Non, mais d'habitude, à cette heure, c'est rare.

Omar sortit sur la terrasse et cria quelques mots en wolof à Salem.

– Que lui as-tu dit ?

– De faire attention.

Ils arrêtèrent la partie sans se soucier du résultat. Omar mit les pions dans la boîte et la rangea dans sa chambre. Philippe s'assit à une extrémité du sofa. Omar s'installa sur une chaise comme s'il craignait son contact alors que, d'ordinaire, avant d'aller dormir, il aimait bien rester quelques instants près de lui. Ils entendirent le hurlement d'un chacal au loin puis, peu après, un bruit inhabituel, comme le son étouffé d'un bouchon de champagne qui saute et, quelques secondes plus tard, des pas dans la véranda.

– Salem ?

La porte s'ouvrit brusquement.

– Non, et je pense qu'il ne te répondra pas. Ne bougez pas ou vous êtes morts ! Et je commencerai par ton boy.

Debout dans l'encadrement de la porte, Renouard pointait un revolver sur Omar.

– T'es vraiment une ordure !

– Pas d'insulte, veux-tu.

Le médecin-chef avança de quelques pas et s'arrêta devant la table basse, le revolver toujours dirigé sur Omar.

– J'ai peu de temps. Va chercher les pages que tu as déchirées la dernière fois que tu m'as appelé à la radio. Et n'essaye pas de me jouer un tour.

– Quelles pages ?

– Ne fais pas l'imbécile ou je bute le négrillon. Les sept pages du cahier d'appel la semaine d'avant la mort de Cauchoix. Dépêche-toi, je suis pressé.

– Je ne les ai plus. Elles sont en lieu sûr.

– Tu bluffes, et ce n'est pas mon cas quand je dis que j'explose le crâne du négrillon si je n'ai pas ces pages dans les dix secondes.

Philippe se leva lentement, alla chercher les documents dans sa chambre et vint se rasseoir.

– Pose ça sur la table.

Il s'exécuta. Le révolver toujours pointé sur Omar, Renouard jeta un bref coup d'œil sur les pages et les fourra dans sa poche.

– Je suis navré Philippe. J'ai tout fait pour ne pas en arriver là mais je vais être obligé de vous supprimer. Tu n'as pas écouté mes conseils. Tu as voulu jouer au justicier et c'est la fin du film.

En un éclair, Philippe se revit à dix ans, en blouse grise, son cœur battant la chamade, appelé au tableau noir : « Alors, Leroy, vous ne savez pas résoudre le problème ? » disait ce salopard de maître.

C'était un cauchemar qu'il faisait souvent mais, là, le drame était réel. D'abord, gagner du temps. Dire n'importe quoi, mais gagner du temps.

– Parce que tu crois que tu vas pouvoir t'échapper ? Tout le monde sait que tu es dans les parages et seul un Blanc pourra avoir commis ces meurtres. Tu es foutu !

– Je ne voudrais pas que tu meures idiot. Je vais vous tirer une balle dans la tête, traîner le corps du garde ici et mettre le revolver dans ta main. Tu te seras suicidé après avoir tué les deux autres. Personne n'y comprendra rien. Quant à moi, on m'a vu partir pour Khoum et personne ne m'a vu revenir. Le bois est bien pratique. Un ami m'a amené en moto et me reconduira dans cinq minutes au bois où ma voiture m'attend. Je serai à Khoum dans quelques heures.

– Ce qui me réjouit, c'est que les coupeurs de route vont s'occuper de ta gueule de fils de pute. Ils vont te finir à la lame de rasoir !

Sous l'insulte, Renouard pivota et pointa son arme sur Philippe. Il eut le temps de se jeter sur le côté au moment où le médecin-chef appuyait sur la gâchette. Il ressentit une brûlure à l'épaule, tandis que la lampe était pulvérisée et la pièce plongée dans le noir. Philippe entendit Omar se précipiter dans sa chambre et arracher la moustiquaire. Lui passa derrière le sofa et le poussa de toutes ses forces en avant, en s'en servant comme d'un bélier, propulsant ainsi la table basse vers la porte. Renouard vida son chargeur au hasard avant de lancer un juron et de s'enfuir. Philippe fut tenté de lui courir après mais n'était-ce pas risqué s'il avait rechargé son arme ou ramassé le fusil du militaire ? Il hésitait sur la conduite à tenir lorsqu'il entendit une moto démarrer. Renouard s'échappait, certainement en direction du bois pour y récupérer sa voiture. Il bouillait d'impatience de partir à sa poursuite, mais il ne pouvait rien faire tant qu'Omar n'était pas de retour. Il courait vite et arriverait sans doute bientôt chez Jean. Le médecin alluma la lumière de la salle de bains. La balle avait effleuré son épaule gauche. Il retira sa chemise tachée de sang, désinfecta la blessure et mit un pansement. Par quel miracle l'unique lampe de la salle de séjour avait-elle explosé ? Il alluma dans le couloir, ramena la table basse à sa place et écrivit quelques mots à l'attention du maire. Dix minutes s'écoulèrent avant qu'une voiture freine brusquement devant la terrasse et que deux portières claquent. Omar précéda de peu Jean Bardin, pâle et essoufflé.

– Je n'ai pas couru, même sur dix mètres, depuis onze ans. Vous êtes blessé ?

– Non, à peine une égratignure.

– Omar m'a tout raconté. Donne-moi un soda, bonhomme.

– Sors en trois.

– Si nous ne faisons rien, cette crapule aura quitté le territoire demain à l'aube. Je connais ce genre de personnage. Puissant, organisé, il a des appuis et de l'argent à l'étranger. Sa voiture est garée à quarante kilomètres dans le bois où le conduit son complice à moto. Il a vingt minutes d'avance sur nous. Omar, serais-tu capable de suivre les traces des voitures qui prennent le raccourci après le village de Koussoum pour rejoindre la piste qui mène à Khoum ?

– Je crois que oui.

– Ma voiture est plus rapide que la sienne et il va rouler prudemment pour éviter un accident. Si on part maintenant, on a une chance d'arriver avant lui au canyon de Kagassi, trente kilomètres avant Khoum, et de l'attendre derrière un rocher pour lui réserver un comité d'accueil mérité. Que fait-on ?

– On y va. Mais votre absence à la mine ?

– Aucune importance. Je connais le directeur, comme vous savez. J'ai des bidons d'essence dans la voiture. Prenez de l'eau, de la nourriture, des vêtements, des couvertures, toutes les lampes électriques et piles que vous avez, papier, stylo et surtout votre carte professionnelle de médecin. Laissez votre passeport ici. Après avoir arrêté Renouard – j'ai deux pistolets et suffisamment de munitions – il faudra pousser jusqu'à Nouakchott pour voir l'ambassade et le ministère de la Santé. Évidemment, je ne peux pas vous garantir qu'on ne rencontrera pas quelques personnages antipathiques sur la route.

– Ils ne peuvent pas l'être davantage que ce fils de pute.

Ils furent prêts en quelques minutes.

– J'ai écrit un mot pour le maire où je lui résume les évènements et l'informe que nous partons à la poursuite de Renouard. Je le laisse sur la table. J'ajoute le colonel comme destinataire ?

– Non, nous ne sommes pas sûrs de pouvoir lui faire confiance.

– Attendez !

– Quoi, Omar ?

– Il faut que je retrouve mon gris-gris.

– C'est la bille d'Aminou que tu as lancée dans la lampe ?

– Oui.

– Bravo, mais on n'a pas le temps de chercher une bille !

– Si, dit Jean, c'est très important de retrouver son gris-gris.

Ils balayèrent le sol à l'aide de leurs torches et quelques instants plus tard, une éternité pour Philippe, ils retrouvèrent la vieille agate.

– Et en plus, elle est même pas abîmée !

– Bon, mets-la dans ta poche et on file.

En passant devant le corps du jeune soldat, Omar ne put retenir quelques larmes.

– Accrochez-vous dit Jean, dès qu'ils furent assis. Ça va secouer.

Le cadran marquait minuit quand il démarra.

Ils roulaient à tombeau ouvert depuis une demi-heure. Jamais cette ligne droite ne lui avait paru aussi longue. Philippe piaffait de se retrouver face à Renouard. Comment avait-il pu aller jusqu'à faire supprimer Cauchoix simplement parce qu'il voulait faire analyser les lots de chloroquine suspects à Nouakchott ? Il fallait absolument récupérer les pages du registre des appels radio de Faedi qui prouvaient l'implication de Renouard dans l'assassinat de Cauchoix. Quels intérêts pouvaient expliquer sa froide détermination d'exécuter ce pauvre Salem et de vouloir les supprimer Omar et lui ensuite ? Renouard agissait-il de sa propre initiative ou sur ordre ?

Un point lumineux apparut au loin, grossissant à vue d'œil.

– Le type qui a déposé Renouard dans le bois arrive. On lui règle son compte ?

– Non. D'abord il y a une chance infime pour que ce motard ne soit pas le complice de Renouard et même si c'est lui, n'utilisons pas ses méthodes.

– Je vous trouve bien légaliste, mais je ne veux pas vous choquer. Il va passer dans une minute. Je freinerai brusquement pour qu'on puisse voir son visage.

Juste au moment où ils se croisèrent, le motard tourna la tête du côté du désert.

– On n’a pas pu le voir cet enfoiré !

– C’est pas grave. Je sais qui c’est. J’ai reconnu sa moto. C’est l’opérateur de la radio !

– Très bien, Omar. On l’a croisé à cinq kilomètres du bois. Renouard a dû en partir il y a dix minutes. C’est ce que je pensais. On gagne du terrain. Attention, on va bientôt quitter la piste et prendre le raccourci. Regarde bien sur la gauche, il y a un rocher en forme de dromadaire juste avant.

Jean Bardin ralentit.

– Ah ! Le voilà ! Omar, à toi de travailler maintenant.

Jean mit les phares en veilleuse. Omar alluma sa lampe électrique et baissa la vitre pour scruter le sol. De temps à autre, il levait la main. Jean stoppait pendant qu’il descendait éclairer les traces. Celles d’un animal ou des roues d’une voiture ? Peu de conducteurs connaissaient l’existence de ce raccourci. Encore moins l’empruntaient depuis que l’insécurité avait augmenté. La tension était extrême, car tous trois avaient bien conscience que si Omar se trompait, c’en était fini de leurs espoirs d’intercepter Renouard avant Khoum. Un nuage masqua la lune. Ils attendirent qu’elle réapparaisse. Omar tira Jean par le bras.

– Je suis sûr que j’ai vu une étoile rouge !

– Omar, ce n’est pas le moment de rêver !

– Jean, Philippe ne me croit jamais…

– Il a tort, mais vous réglerez vos comptes plus tard.

Ils poursuivirent leur chemin chaotique jusqu’au moment où ils distinguèrent une faille sur la droite : les Gorges de Kagassi.

– Bravo bonhomme ! Selon mes calculs, dit Jean, on doit avoir entre dix minutes et un quart d’heure d’avance sur lui. Nous y voilà. On voit la piste en contrebas. C’est un vrai coupe-gorge ici. Il gara la voiture en haut de la falaise et engagea six balles dans l’un des revolvers.

– Qu’est-ce que vous allez faire ?

– Tirer dans les pneus pour commencer, dans le pare-brise ensuite. Lui ordonner de sortir de la voiture en levant les mains en l'air et lui en coller une entre les deux yeux s'il n'obtempère pas.

– Le programme est prometteur. Il vaudrait mieux l'avoir vivant, évidemment.

– Je ne voudrais pas vous décevoir, mais nous allons certainement au-devant d'imprévus. Maintenant, allongez-vous derrière le rocher. Il peut arriver d'une minute à l'autre.

De leur poste d'observation, ils surplombaient la piste et la vue était dégagée à droite sur plusieurs centaines de mètres.

– Il ne devrait pas tarder, chuchota Bardin.

Un quart d'heure plus tard, Renouard n'était toujours pas en vue.

– Il a peut-être eu un problème mécanique ?

– Ah ! Le voilà, dit Omar.

Il fallut quelques secondes aux deux hommes pour voir les deux points lumineux qui annonçaient un véhicule.

– Il conduit bien lentement...

– Attention ! Il arrive !

Philippe et Omar s'aplatirent tandis que Jean, en quelques enjambées, allait se poster derrière un rocher en bas de la piste. À peine arrivé, il remonta et les rejoignit, hors d'haleine.

– Ce n'est pas Renouard. C'est une autre voiture. Ce véhicule fait des écarts comme si le conducteur était ivre. Il ne conduirait pas comme ça.

Ils entendirent le bruit du moteur.

– Chut ! Taisez-vous !

Une jeep militaire passa lentement. Le conducteur et les trois passagers fumaient du haschisch dont l'odeur leur parvint aux narines. Deux des individus avaient une mitraillette sur les genoux et des munitions autour de la poitrine.

– Il y a de nombreuses grottes près de Khoum. Ils vont regagner leur tanière, chuchota Jean. Ces coupeurs de route sont sans doute des déserteurs. Je préfère que ce soit Renouard qui les ait rencontrés plutôt que nous.

– Vous croyez qu'il est mort ?

– Oui, mais allons vérifier.

– Est-ce qu'il peut y avoir d'autres bandits ? murmura Omar. J'ai peur…

– Avec ton gris-gris, rien ne peut nous arriver.

– Mais vous n'y croyez pas !

– Philippe non, moi si. Allons-y.

Ils regagnèrent le véhicule et reprirent la piste en sens inverse. Ils étaient moins pressés maintenant et Jean avait mis les lanternes, car la lune éclairait suffisamment. Ils roulaient depuis dix minutes quand ils perçurent un bruit de klaxon continu. Jean stoppa la voiture et dégaina son revolver. En file indienne, sur le bas-côté de la piste, ils firent une cinquantaine de mètres. La voiture avait été frappée de plein fouet par une rafale de mitraillette et était sortie de la piste dans un virage. Les portières du véhicule étaient ouvertes. Atteint de plusieurs balles à la tête, Renouard était écroulé sur le volant. Jean tira le corps en arrière et le bruit lancinant du klaxon cessa.

– C'est mieux ainsi, s'il continue de klaxonner il n'aura plus de batterie pour repartir.

– C'est bizarre. Je lui avais prédit cette fin. Sauf qu'ils ne lui ont pas découpé le visage au cutter.

Jean entreprit de fouiller le corps. Il sortit des papiers froissés d'une des poches du pantalon du cadavre : les pages du cahier d'appel de la radio la semaine précédant la mort de Cauchoix.

– C'est ça vos papiers importants ?

Philippe y jeta un coup d'œil et acquiesça.

– On prend quoi d'autre ? Pas de portefeuille, évidemment ils sont partis avec… la montre aussi… sa gourmette en or également... Est-ce que ce petit carnet vous intéresse ?

– Prête-moi ta lampe, Omar !

Philippe tourna les pages du calepin. De l'écriture minuscule de Renouard étaient consignés, depuis 1965, des données précises sur des lots de médicaments, des noms, des dates, des sommes d'argent.

– J'ai l'impression que nous venons de découvrir une bombe.

– Ne la faites pas exploser !

Ils regagnèrent leur véhicule et grignotèrent quelques gâteaux. Jean sortit un cigarillo de la boîte à gants.

– Ne soyez pas égoïste, Philippe, dites-nous pourquoi Renouard a voulu récupérer les pages du registre de la radio.

– Parce qu'elles prouvent sa culpabilité. Je vais vous retracer la chronologie de la semaine fatale qui a précédé le prétendu accident de Cauchoix. D'abord, n'oubliez pas que Renouard est informé de tout par son affidé à la radio de Faedi. Le 20 février, Cauchoix appelle l'hôpital de Nouakchott. Objet : « Analyse de lots de chloroquine. » Le 21 février, Renouard contacte Cauchoix. Aucun objet ne figure sur le cahier d'appel. Ce n'est pas étonnant car c'est Cauchoix qui est appelé. Renouard, sans doute prévenu par un comparse à Nouakchott, veut tenter de dissuader Cauchoix de faire analyser les lots suspects.

– Tout cela ne prouve pas la culpabilité de Renouard dans la mort de Cauchoix.

– Attendez ! Le 23 février, Renouard appelle de nouveau Cauchoix. Pour lui parler de quoi ? Nous allons le savoir. Le 25 février, Cauchoix essaye de joindre le docteur Luigi, le seul autre médecin de zone en poste dans un village qui dispose d'une radio. Objet de l'appel inscrit sur le registre : « Confirmation d'une réunion urgente de tous les médecins de zone à Khoum convoquée par le médecin-chef Renouard. » Il voulait certainement vérifier si lui aussi avait été convoqué à cette réunion. Malheureusement pour lui, Cauchoix n'a pas réussi à joindre Luigi. Malgré tout, il a décidé de se rendre à Khoum le 28 février, jour prévu de la réunion, et il est tombé dans le piège. J'ai regardé les pages du registre le soir, après avoir appelé Renouard pour l'informer qu'Ahmed avait tenté de mettre le feu à ma voiture. J'ai été stupéfait et me suis demandé à qui j'allais bien pouvoir confier ce que je venais de découvrir. Hier, après avoir tout fait pour me convaincre de partir à Nouakchott, il est passé à la radio et s'est aperçu que les pages compromettantes du registre avaient été arrachées. La suite, vous la connaissez.

– D'accord, mais pourquoi l'opérateur radio n'a-t-il pas fait disparaître ces pages pour éviter que quelqu'un en prenne connaissance ?

– Parce que les criminels aussi commettent des erreurs, surtout quand ils ont un sentiment d'impunité !

– Ce n'est pas faux. Bon, nous n'avons plus rien à faire ici. Il est trois heures. Le mieux est de rejoindre la bifurcation, de prendre la piste qui mène à Nouakchott sur une cinquantaine de kilomètres et de nous arrêter pour dormir un peu dans un endroit désert. Ça ne devrait pas en manquer.

Ils franchirent sans encombre trois barrages militaires et arrivèrent à Nouakchott en fin de matinée. Philippe y revenait pour la première fois depuis qu'il était arrivé de Paris tard le soir, un an plus tôt, avant de repartir le lendemain matin pour Faedi. Il ne connaissait donc pas la ville, et fut vite étourdi par le bruit des motos, des klaxons, et l'atmosphère suffocante aux relents divers qui régnait dans la capitale. Une multitude de vendeurs à la sauvette de tous âges entouraient la voiture dès qu'ils s'arrêtaient au feu rouge de l'une des rares signalisations tricolores fonctionnant encore, ou pour obtempérer à l'injonction d'un policier dépassé par les évènements. Leur priorité était de prendre une douche. Ils renoncèrent à chercher la maison des Otéro, faute de temps. Il fallait agir avant que les complices de Renouard s'organisent. Ils se rendirent dans un établissement de bains-douches et changèrent de vêtements. Après s'être rapidement restaurés, ils tentèrent vainement de trouver une photocopieuse en état de marche. Aller à l'ambassade faire les photos ? On ne leur refuserait pas, mais pouvaient-ils confier, même un court instant, ce carnet à un inconnu et prendre le risque qu'il en divulgue le contenu ? Conséquence des récents évènements, Philippe n'était pas loin de tomber dans la paranoïa.

– Allons à l'évêché, trancha Jean. Ils ont certainement une photocopieuse. Il y a dix ans, je connaissais un prêtre là-bas. Il y est peut-être toujours.

Ils arrivèrent à l'évêché au moment où les prêtres finissaient de déjeuner. Celui qu'avait connu Jean était rentré en France, mais l'un de ses collègues accepta qu'ils utilisent la photocopieuse. L'opération se révéla longue et délicate car ils firent les photocopies en deux exemplaires et le four de l'appareil chauffait rapidement. Vers quinze heures, ils avaient fini.

– Où voulez-vous aller en premier ?

– À l'ambassade. Je crois qu'il vaut mieux informer d'abord les autorités françaises.

– Il est un peu tôt pour l'ambassade. Tout le monde doit faire la sieste. Vous ne verrez aucun responsable avant seize heures.

– Puisque nous avons un peu de temps, je vais écrire un résumé des évènements.

Ils garèrent la voiture dans une rue adjacente à l'imposant domaine et se présentèrent devant les grilles de l'ambassade à seize heures pile. Une voiture avec chauffeur entra derrière eux. Deux jeunes Blancs en tenue de tennis en sortirent, leurs raquettes à la main, avant de pénétrer dans l'ambassade en riant aux éclats. Les trois visiteurs attendirent une demi-heure à l'accueil dans des fauteuils en moleskine qui leur collaient à la peau, avant qu'une secrétaire s'enquière des motifs de leur présence.

– Nous souhaitons voir l'ambassadeur ou le consul pour une affaire grave et urgente, dit Jean Bardin.

– Ce n'est pas possible, monsieur l'ambassadeur et monsieur le consul sont très occupés et ne reçoivent que sur rendez-vous. Mais je peux vous en donner un avec monsieur le vice-consul pour mercredi prochain.

– Merci, madame, mais il s'agit d'une urgence. Nous devons rencontrer un représentant de l'État français maintenant.

– Je suis désolé, monsieur, j'ai des consignes très strictes.

– Et quand il y a le feu, madame, les pompiers doivent prendre rendez-vous ? Pardonnez notre insistance, mais nous avons parcouru mille kilomètres depuis Faedi et devons informer Monsieur l'ambassadeur d'évènements graves…

– Susceptibles d'affecter les relations franco-mauritaniennes, ajouta Philippe.

La secrétaire les dévisagea d'un air soupçonneux.

– Je vais voir si quelqu'un peut vous recevoir.

Elle revint un quart d'heure plus tard.

– Pouvez-vous inscrire vos noms et l'objet de votre visite sur ce cahier. Monsieur Debuchet, l'attaché culturel, vous recevra dans un instant.

Un planton vint les chercher et les introduisit dans une pièce éclairée par une grande fenêtre.

La cinquantaine bedonnante, le visage couperosé, des taches de graisse sur sa chemise blanche à manches courtes, l'attaché culturel était au téléphone. D'un geste, il les invita à s'asseoir. La conversation portait sur l'inauguration d'une salle et la liste des invités au cocktail.

– Et surtout, n'oubliez pas l'évêque, dit Debuchet en raccrochant. Bonjour, messieurs.

Il leur tendit une main molle et moite.

– Il est mignon le petit bonhomme, dit-il en regardant Omar. L'un de vous l'a adopté ?

– En quelque sorte.

– Je vous écoute, messieurs, mais je dois vous préciser que j'ai peu de temps.

– Ça tombe bien, nous aussi.

Jean lui résuma les évènements.

– Voilà, ajouta Philippe en sortant une enveloppe de sa poche. Les photocopies des pages arrachées du cahier d'appels de la radio de Faedi et celles du carnet du docteur Renouard prouvent son implication ainsi que celle de certaines personnes haut placées à la direction du port et à la douane. Vous serez surpris par l'ampleur du trafic et les quantités de médicaments contrefaits qui ont inondé le pays depuis plusieurs années.

Le téléphone sonna.

– Bonsoir ma chérie. Je suis en rendez-vous. Oui. À dix-huit heures demain devant le cinéma Lyautey. C'est entendu. Mais oui je t'aime. Mais non… mais oui. Tu es folle ! Je t'adore… À demain ! Excusez-moi, dit Debuchet en raccrochant, les femmes nous perdront. Alors, où en étions-nous ? Ah oui ! Vous me racontiez d'horribles histoires ! Mon Dieu, tout cela est difficile à croire ! Toutes les preuves sont dans cette enveloppe, dites-vous ? Et bien je ne manquerai pas de la remettre à monsieur l'ambassadeur.

– Quand ? Il faut éviter que ces criminels s'organisent, quittent le pays.

– Écoutez, docteur, je ne peux pas vous dire quand. Déjà, je vous ai reçus alors que vous n'aviez pas rendez-vous.

Philippe sentait poindre un énervement grandissant.

– Monsieur l'attaché culturel, cette affaire est grave et nécessite des mesures urgentes. Vous imaginez ce que ça a représenté pour le docteur Cauchoix de penser qu'il soignait la population avec des médicaments contrefaits ? Vous imaginez ce que ça représente pour moi, médecin, de savoir qu'un de mes compatriotes, médecin-chef, a donné l'ordre d'assassiner mon prédécesseur et a tenté de me tuer ? Ce sympathique docteur Renouard que vous avez sans doute croisé à l'occasion de brillants cocktails donnés lors d'inaugurations mémorables…

– Docteur, je vous en prie. Je comprends votre ressentiment mais, au risque de vous décevoir, je ne suis pas sûr que monsieur l'ambassadeur intervienne dans cette affaire. C'est lui qui avisera bien sûr, mais enfin tout cela concerne principalement les autorités mauritaniennes.

– Est-ce que l'ambassadeur a déjà vu des mères faire la queue le matin devant le dispensaire avec leur enfant dans le coma à la suite d'un neuro-palu ?

– Docteur, je vous en prie ! Pas de misérabilisme !

C'en était trop. Avant que Jean puisse s'interposer, Philippe s'était levé. Il se pencha au-dessus du bureau et décocha à Debuchet un uppercut à la mâchoire qui l'envoya chuter lourdement sur le sol.

– Excusez-moi, monsieur l'attaché culturel, vous serez obligé de boire votre cocktail avec une paille. Ce n'est pas grave, il paraît que c'est la mode.

Il était dix-sept heures quand ils arrivèrent devant le triste immeuble de six étages en béton gris qui abritait plusieurs ministères dont celui de la Santé.

– Omar, tu retournes à l'évêché, tu donnes ce mot au prêtre qui nous a accompagnés à la photocopieuse et tu dors là-bas. On te donne rendez-vous demain matin à sept heures à la gare routière. Si on n'y est pas, tu prends le premier taxi collectif pour Faedi. Ne te fais pas voler ton argent. En arrivant, tu vas voir le maire et tu lui expliques, à lui seul, tout ce qui s'est passé depuis qu'on a quitté Faedi. Tu as bien compris ? Ne commence pas à raconter tout ça à Silé.

– J'ai compris.

– Fais attention.

– Moi j'ai un gris-gris, mais vous ?

– Allez file. Attends. On ne sait jamais. Si on ne revient pas demain…

– Dors chez Silé et chez personne d'autre. C'est ça ?

Philippe eut un pincement au cœur en suivant Omar du regard jusqu'à ce qu'il disparaisse dans la foule.

– Ne soyez pas inquiet, dit Jean. Je vous garantis qu'il en a vu d'autres lorsqu'il a erré à Bamako et à Dakar.

Une plaque vissée sur l'encadrement de la porte d'un ascenseur antédiluvien indiquait en arabe et en français : « Ministère de la Construction, $6^{\text{ème}}$ étage – Ministère de la Santé, $3^{\text{ème}}$ étage. » Jean se tourna vers Philippe :

– Le ministre de la Santé ne doit pas être très influent… seulement troisième étage.

Un des quatre militaires vautrés sur des fauteuils aux ressorts apparents vint à leur rencontre.

– Vous avez rendez-vous ?

– Non, mais nous souhaitons voir monsieur le ministre de la Santé. La raison de notre visite est très importante. Auriez-vous l'amabilité de lui demander s'il peut nous recevoir ? Je suis le docteur Philippe Leroy en poste à Faedi.

– Et le monsieur qui vous accompagne ?

– Monsieur Jean Bardin, directeur du personnel de la mine de Zermate.

– Asseyez-vous. Je vais voir.

Un nuage de poussière s'échappa des fauteuils.

– J'espère que le ministre ne fait pas partie de la bande de criminels, chuchota Philippe.

– Oui, sinon on est mal barrés, et je doute que l'attaché culturel nous vienne en aide. Vous connaissez le nom du ministre ?

– Même pas !

Le militaire prenait un air important en répétant des « allo » sonores dans un téléphone qui émettait un bruit de friteuse.

– C'est occupé, dit-il en passant devant eux. Je vais voir.

– C'est très aimable à vous.

L'homme appuya longuement sur le bouton d'appel de l'ascenseur. Après quelques minutes d'attente, il gravit l'escalier, l'air excédé.

– Le téléphone et l'ascenseur ne fonctionnent pas, murmura Jean. Ça promet. Nous jouons notre va-tout avec cette visite au ministre. Soyez diplomate.

Le militaire redescendit.

– Vous pouvez monter, messieurs, son secrétaire vous attend au troisième étage.

– Merci infiniment.

Ils empruntèrent l'escalier et, au troisième étage, poussèrent une porte vitrée derrière laquelle était assis un vieux Maure. L'homme leur tendit un cahier et un stylo où figuraient des colonnes à remplir : nom, prénom, objet de la visite, date et heure. Sans mot dire, le planton partit avec le cahier complété par Philippe et parcourut un long couloir avant de tourner au fond à gauche.

– Sommes-nous sûrs de voir le ministre ?

– Nous ne sommes sûrs de rien. Je vous dirai qui est notre interlocuteur en voyant son bureau.

L'homme réapparut au bout du couloir et leur fit signe d'avancer.

Philippe n'avait jamais été reçu par un ministre, en France ou ailleurs. Compte tenu des difficultés du pays et de l'aspect général du bâtiment, il ne s'attendait pas à découvrir un bureau en ordre mais, en entrant dans la grande pièce en angle, il fut gagné par le découragement. Sur la gauche, une armoire métallique orpheline d'une porte débordait de dossiers en vrac. Au fond à droite, un grand coffre-fort avec un système d'ouverture à volant comme ceux des banques dans les années trente. Près de la fenêtre, une table en formica. Les restes d'un repas y séjournaient ainsi que des bouteilles vides. La poubelle était pleine. Une table basse couverte de poussière, entourée d'un canapé et de fauteuils en velours art déco, était disposée derrière les chaises en bois qui faisaient face à un grand bureau encombré de papiers épars et d'objets hétéroclites. Au mur, accrochée de guingois, la photo du président, un militaire bardé de médailles. À droite du bureau, un grand drapeau mauritanien sur pied. L'homme au teint mat, assis dans un fauteuil trop large, devait avoir une quarantaine d'années. Mal rasé, des lunettes épaisses à verres foncés cachaient son regard. Sans lever la tête, il poussa d'un revers de la main les papiers et stylos qui s'entassaient sur le grand buvard qui faisait office d'écritoire.

– Entrez, messieurs, et prenez place.

Philippe et Jean s'assirent. Occupé à ouvrir et fermer les tiroirs de son bureau, l'homme n'avait toujours pas levé les yeux sur ses visiteurs.

– Ah ! Voilà ! dit-il en sortant un petit flacon.

Il l'ouvrit, enleva ses lunettes, renversa la tête et se mit quelques gouttes dans les yeux.

– Excusez-moi, mais avec toute cette poussière, j'ai de la conjonctivite.

Il reposa le flacon sur le bureau, essuya ses lunettes avant de les remettre et de regarder enfin ses interlocuteurs.

– Mon nom est Moussa ben Majid. Je suis ministre de la Santé depuis six mois. Quel est l'objet de votre visite ?

Philippe prit la parole.

– D'abord, monsieur le ministre, nous vous remercions de nous recevoir à l'improviste. Je vous présente monsieur Jean Bardin, directeur du personnel de la mine de fer de Zermate. Je suis le docteur Philippe Leroy, responsable du dispensaire de Faedi depuis treize mois et pour encore un peu plus d'un an. Connaissez-vous le docteur Christian Renouard, médecin-chef à Khoum ?

– J'ai lu son nom dans l'organigramme que m'a laissé mon prédécesseur mais je ne l'ai jamais rencontré.

– Il est mort la nuit dernière sur la piste qui mène à Khoum dans des circonstances que je dois vous raconter.

Tout au long de l'exposé de Philippe, commencé avec ses doutes sur la mort accidentelle de Cauchoix, le ministre demeura impassible. Il en était au point de son récit qui concernait la découverte du carnet sur le corps de Renouard. Le ministre retira ses lunettes et les essuya à nouveau.

– Où est ce carnet ?

– Nous n'étions pas sûrs de vous rencontrer et avons apporté des photocopies de toutes les pages dans cette enveloppe. Les voici.

Toujours imperturbable, le ministre parcourut les photocopies.

– Vous connaissez certaines de ces personnes, je suppose ?

– Parmi les Mauritaniens, quelques-unes.

À la surprise de Philippe, le ministre lui rendit les feuilles.

– Vous ne les gardez pas ?

– Pour quoi faire ?

– Vous avez ici de quoi confondre les criminels qui s'enrichissent sur la santé de vos compatriotes. Vous pouvez alerter les services compétents de l'État…

– Tous ces gens sont des criminels, docteur, vous avez utilisé le mot juste. Mais si vous croyez que j'ai le moindre pouvoir, vous vous trompez.

– Excusez-moi, intervint Jean, je vis en Afrique depuis trente ans et en Mauritanie depuis dix. On ne devient pas ministre sans appui politique, sans réseau.

– Je vous entends, monsieur Bardin. Mais vous sous-estimez l'influence du ministre que je suis. Au risque de vous décevoir, docteur, la Santé n'est pas un ministère important. Je vais vous faire une confidence. Je ne suis même pas sûr d'être à mon poste dans quinze jours. Vous savez que des rumeurs de coup d'État circulent en ville. La tension est extrême. Je ne devrais pas vous dire tout cela, mais tant pis. Tout le monde se méfie de tout le monde, alors le poids du ministre de la Santé, vous savez... Regardez mon bureau, dit-il d'une voix lasse. Et ma voiture est en panne. De toute façon, je n'ai plus de chauffeur.

– Avec tout le respect que je vous dois, monsieur le ministre, l'aspect de votre bureau et vos difficultés matérielles n'ont rien à voir avec vos capacités d'action. Il est possible que vous ne soyez plus ministre dans quinze jours, mais vous l'êtes à l'instant où nous vous parlons. Je ne peux pas croire que vous ne puissiez pas ordonner une enquête. Encore faut-il que vous le vouliez évidemment. Et, pour une raison qui m'échappe, cette volonté semble vous manquer.

Jean évita de regarder Philippe. Le moment était crucial. La passivité du ministre s'expliquait-elle par sa complicité avec les criminels ? Allait-il réagir violemment à ces propos vexatoires ?

– Détrompez-vous, monsieur Bardin, ce n'est pas un manque de volonté de ma part. Et contrairement à ce que vous pourriez penser sans me connaître, je déteste la corruption et les corrompus, et on peut me reprocher beaucoup de choses, mais certainement pas de m'être enrichi. Simplement et, excusez-moi, il se fait tard, je vais devoir mettre un terme à notre conversation, je n'ai aucun pouvoir.

– Eh bien, je ne le crois pas.

– Libre à vous. Messieurs, notre entretien est terminé. Je vous souhaite un bon retour à Faedi.

Jean était ulcéré. Il savait que, de son côté, Philippe bouillait de rage contenue, et se demandait ce qu'il allait bien pouvoir inventer. Mais le médecin se contenta de soupirer et se leva calmement.

– Merci de nous avoir reçus.

– Croyez-bien que je suis désolé, mais je suis lucide malheureusement.

– Tout cela n'est pas grave. Après tout, il ne s'agit que de la santé de la population dont vous êtes responsable.

L'incident couvait mais, pour le moment, Moussa ben Majid encaissait sans broncher.

Philippe se pencha au-dessus du bureau et regarda la photo d'une petite fille souriante dans un cadre.

– Qu'elle est mignonne ! C'est votre fille ?

– Oui. Dalila, ma petite dernière. Après quatre garçons, Allah soit loué, j'ai enfin une fille. Je dois dire qu'elle fait ma joie.

– Félicitations ! Vous avez une charmante petite fille. Philippe prit un ton grave. Enfin, vous aviez…

– Pourquoi dites-vous « vous aviez » ?

– Ah bon, vous n'êtes pas au courant ?

– De quoi ?

– De la triste nouvelle. Elle est morte votre charmante petite fille.

– Comment ça ? Le ministre blêmit. Je vous interdis…

Philippe s'approcha à quelques centimètres et le regarda droit dans les yeux.

– Elle est morte et enterrée parce que son père est un lâche, hurla-t-il. Un père indigne ! Elle a attrapé le palu votre charmante petite fille ! Elle est morte après trois jours de coma parce qu'elle a pris de la chloroquine contrefaite que son père a laissé vendre au dispensaire et sur le marché sans rien faire pour arrêter les trafiquants. Elle pourrit sous terre, votre gamine ! Vous m'entendez ! Elle est bouffée par les vers votre petite Dalila !

– Taisez-vous ou j'appelle les gardes ! Taisez-vous ! Taisez-vous ! Mon petit ange, dit-il en embrassant la photo. Personne ne lui fera de mal, vous m'entendez ! Personne ! Il tremblait comme une feuille. Donnez-moi ces papiers !

Il les arracha des mains de Philippe, s'assit et dégrafa le col de sa chemise avant de décrocher le téléphone. En attendant son interlocuteur, il fusilla Philippe du regard.

– Allo ! Ousmane ? Appelle le colonel Kirai au ministère de l'Intérieur. Oui, tout de suite. Et dis-lui de venir me voir demain matin à neuf heures pour une affaire urgente.

Octobre qui suivit leur retour de Nouakchott fut pour Philippe une période agréable.

D'abord, ses retrouvailles avec Aïssata furent suivies d'intenses ébats dont elle prenait souvent l'initiative. À sa grande surprise, Philippe était en train de tomber amoureux mais il ne supportait plus de devoir la raccompagner avant la nuit. Elle avait eu beaucoup de mal à dissuader son amant de s'expliquer avec son père. Ses progrès en français étaient lents mais Silé lui avait appris assez de vocabulaire pour qu'ils puissent dialoguer un peu. La communication entre eux était suffisante, pensait Philippe car, s'ils se parlaient davantage, ils finiraient par se disputer. La jeune fille venait quotidiennement, à l'exception du vendredi et des jours où Philippe et Omar rentraient tard d'un village éloigné.

Les sentiments d'Omar vis-à-vis d'Aïssata étaient ambivalents : il était content que Philippe soit heureux avec la sœur de son meilleur copain, mais comme il lui consacrait une part prépondérante de son temps libre, il commençait à ressentir à son égard une pointe de jalousie. Dans l'ensemble, cependant, le « ménage à trois », comme disait Jean, fonctionnait plutôt bien.

Ensuite, la forte chaleur déclina rapidement avec la fin de la saison des pluies qui avait rendu chaotique, pendant trois mois, l'organisation des soins et des vaccinations à l'extérieur de Faedi. Il était redevenu possible de planifier le travail.

Une semaine après leur retour de Nouakchott, le maire avait tenu à organiser une petite fête, le jeudi soir sur le terrain de football. Quelques zébus étaient passés de vie à trépas pour l'occasion et des groupes folkloriques avaient dansé jusqu'à une heure avancée de la nuit. Installé comme Jean dans un fauteuil en osier, Philippe avait modérément apprécié cette marque de reconnaissance qui lui rappelait certaines images de notables français au temps de la colonisation.

– Vous êtes ridicule, lui avait dit Jean, cette petite réception est très bon enfant et n'a rien à voir avec celles organisées dans le passé pour la venue du gouverneur.

Seules ombres au tableau, la présence du colonel qui, assis à ses côtés, avait passé une partie de la soirée à lui narrer ses souvenirs de chambrée à Saint-Cyr, et l'absence des Canthi, en raison de l'aggravation de l'alcoolisme de Liliane qui l'empêchait de sortir après le déjeuner.

Concernant la découverte de la filière de médicaments contrefaits, après la mort de Renouard, la situation à Faedi s'était éclaircie : Ahmed et l'opérateur radio, que le maire soupçonnait d'avoir été le bras armé de Renouard dans l'assassinat de Cauchoix, s'étaient enfuis au nord du pays en direction de la frontière algérienne. Mais quelles avaient été les suites de leur intervention auprès du ministre de la Santé ? Philippe n'en avait pas la moindre idée. Après en avoir longuement discuté avec le maire et Jean, il avait décidé de ne pas se manifester. Le ministre avait-il changé d'avis pendant la nuit ? Leur démarche avait-elle été un pétard mouillé ? L'attaché culturel de l'ambassade avait-il fait des confettis des documents que Philippe lui avait remis, après qu'il l'eût quelque peu corrigé ? Ces questions ne resteraient pas longtemps sans réponse. L'émotion avait dû être considérable à Khoum. Bizarre quand même que personne n'ait pris contact avec lui. Le père Milan, passe encore, mais aucun responsable de l'hôpital... Il continuait de travailler depuis un mois sans savoir si un nouveau médecin-chef avait été nommé. Au niveau des médicaments et vaccins, la situation n'était pas encore catastrophique car il avait un stock d'avance. Mais sur le plan financier, la situation était inquiétante. Il recevait habituellement au début du trimestre, de la perception de Faedi, sur mandatement de celle de Khoum, son indemnité pour les trois mois suivants ; une somme modeste qui lui suffisait à peine pour se nourrir, payer les salaires d'Omar et d'Aïssata et les frais liés à son activité : essence pour la voiture, gasoil pour le groupe électrogène qui assurait le fonctionnement des frigidaires nécessaires à l'indispensable chaîne du froid pour conserver les vaccins. Jean lui avait bien proposé de lui prêter de l'argent mais il voulait éviter cette solution. Toutes ces questions se bousculaient dans sa tête depuis quelques jours, et de manière encore plus insistante le dernier soir du mois d'octobre. Omar et lui étaient en train de dîner lorsqu'ils entendirent le bruit caractéristique de la moto du maire. Peu après, il apparut dans l'encadrement de la porte, prit une chaise et s'assit à leur table.

– Bonsoir, monsieur le maire. Qu'est ce qui nous vaut l'honneur de votre visite ?

– À cette heure-ci, le facteur fait comme vous, il dîne... et je le remplace. Ould Saya sortit une petite enveloppe jaune de la poche de sa djellaba. Le nouvel opérateur radio m'a apporté ce message de ton ambassade vers dix-huit heures. Ould Saya chaussa ses lunettes : « À Monsieur le maire de Faedi. » Le message est court : « Prière prévenir le docteur Leroy que l'ambassadeur de France lui rendra visite demain 1er novembre 1971. Arrivée prévue vers quatorze heures. Merci et salutations distinguées. Signé : le 1er attaché de l'ambassade. » Voilà... Toi qui attendais des nouvelles, tu vas en avoir. Si l'ambassadeur se déplace pour te les donner, c'est que tu es un personnage important.

– Vous croyez ? Philippe grimaça un sourire. Je crains plutôt que l'on veuille me notifier des décisions désagréables. Le colonel ne vous a rien dit de particulier ?

– Non. Je pense qu'il m'aurait informé s'il avait reçu des nouvelles te concernant, mais je ne suis plus sûr de rien.

Pendant un long moment, ils restèrent tous trois immobiles et silencieux, jusqu'à ce qu'Ould Saya se tasse sur sa chaise en secouant la tête.

– Je ne vois vraiment pas ce que l'on peut te reprocher. En tout cas, tu as mon plein soutien, ainsi que celui de la population, tu le sais. L'ambassadeur va sans doute s'arrêter brièvement à la mairie pour me saluer, une simple règle de courtoisie. Veux-tu que je lui passe un message ?

– Non. En revanche, si quelques personnes pouvaient, par hasard, faire un tour par ici à son arrivée, bien que ce soit l'heure de la sieste, vous voyez ce que je veux dire.

– Le comité d'accueil sera sur place. De toute façon, il va venir avec une escorte. Son arrivée ne passera pas inaperçue. Il prend des risques en venant ici, la route est dangereuse.

– Je vais prévenir Jean de sa visite.

– Excellente idée. Il sera de bon conseil. Mais l'écouteras-tu ?

– Surtout ne vous énervez pas. L'attaché culturel vous aura certainement présenté comme le jeune chien fou que vous êtes. Il faut le déstabiliser en affichant un calme olympien. Évitez de lui distiller quelques perfidies. Ne vous en prenez pas à lui personnellement. Il sera en service commandé. À moins qu'il soit totalement sadique, je ne pense pas que ça l'amuse de venir vous notifier votre expulsion du pays, car c'est de cela qu'il s'agit, soyez en sûr. Voilà un mois que nous sommes revenus de Nouakchott et vous n'avez toujours pas été contacté par le nouveau médecin-chef de Khoum. Il y en a nécessairement un, même intérimaire. Ce silence ne me dit rien de bon. D'après le directeur de la mine qui l'a rencontré à plusieurs reprises, l'ambassadeur est un homme urbain, d'une soixantaine d'années, un diplomate roué qui connaît bien l'Afrique. Il a été en poste en Haute-Volta et au Dahomey. Sa carrière est derrière lui. Il ne sera jamais nommé à Washington ou Moscou. À cet instant de son monologue, Jean s'interrompit pour regarder sa montre. Minuit ! Est-il trop tard pour prendre un whisky ?

– Ma foi non, mais léger alors. Je dois quand même travailler demain matin même si j'aurai la tête ailleurs.

– Autant en goûter un bon. Nous ne savons pas ce que l'avenir nous réserve. Je vais sortir un douze ans d'âge.

Ils trinquèrent.

– Ce n'est pas drôle pour lui de faire l'aller-retour dans la journée. Il va se lever tôt et se coucher tard. La poussière, les risques d'accident, de rencontres désagréables, il ne va pas arriver de bonne humeur, alors rendez-vous sympathique ! Quoi qu'il vous annonce, faites en sorte qu'il ait envie de vous aider.

En se remémorant les conseils de Jean la veille au soir, Philippe faisait des exercices de relaxation. Il venait de prendre une douche et de se changer. Le dispensaire était à peu près propre et la pharmacie impeccablement rangée par Souleymane. Il était peu probable que l'ambassadeur ait le temps d'y faire un tour, mais au cas où... Subitement, il réalisa que l'année dernière, à la même époque, Louise l'avait invité au réveillon de Noël. Comment tant d'événements tragiques avaient-ils pu se succéder en si peu de temps ? Un bruit de moteur le tira de ses pensées. Omar se précipita dans la véranda.

– C'est lui ! Il y a deux voitures. La première est longue et plate. La deuxième est une jeep avec quatre militaires. Oh là là, avec une mitrailleuse qui tourne dans tous les sens. Tu veux que j'aille chez Silé ?

– Oui, mais je vais d'abord te présenter.

Ils sortirent sur la terrasse. Une nuée de gamins, à qui un Blanc assis à côté du chauffeur de la première voiture lançait des bonbons, couraient derrière les véhicules. Dans un crissement de pneus, la Studebaker verte de l'ambassadeur pila devant eux. Le lanceur de bonbons fit le tour de la voiture pour ouvrir la portière à un homme élancé en chemisette et pantalon blancs. Il écarta les bras, secoua la tête et sortit de la poche de son pantalon un brumisateur qu'il utilisa longuement sur son visage et ses avant-bras avant de s'essuyer avec la serviette que lui tendait le chauffeur. Deux militaires coiffés d'un béret rouge se postèrent de chaque côté de la voiture et éructèrent quelques mots qui provoquèrent la fuite des enfants. Philippe et Omar s'avancèrent.

– Soyez le bienvenu, monsieur l'ambassadeur, dit Philippe d'une voix enjouée en lui tendant la main.

– Pierre Varély, ambassadeur de France en poste à Nouakchott. Docteur Leroy, je suppose ? Enchanté de faire votre connaissance ! L'ambassadeur avait le visage émacié et les traits tirés, mais le regard perçant. Il dégageait une forte odeur de patchouli. Qui est ce jeune homme ?

– Omar, mon factotum.

– Je vois. C'est bien mon bonhomme.

Omar gratifia l'ambassadeur d'un sourire angélique avant de s'éclipser en lançant d'un ton narquois :

– Vous savez où me trouver, docteur, si vous avez besoin de moi.

Les deux hommes entrèrent dans la maison. Philippe invita Varély à s'asseoir.

– Je vous prie de m'excuser, je n'ai que de l'eau ou un soda à vous offrir. Que prendrez-vous, monsieur l'ambassadeur ?

– Un soda sera parfait.

– Comment était la piste ?

– Longue et monotone. Je vais vous faire une confidence. Je suis en poste depuis trois ans en Mauritanie, mais je n'étais jamais venu à Faedi.

– Vous n'avez rien manqué. La région n'a guère d'attrait touristique. À quelle heure avez-vous quitté la capitale ?

– Quatre heures.

– Vous devez avoir faim. Voulez-vous manger quelque chose ?

– Merci bien. J'ai tout ce qu'il faut dans la voiture. Docteur Leroy, il faut impérativement que je sois reparti à quinze heures. Je souhaiterais donc aborder sans plus attendre, les motifs de ma visite.

– Je vous écoute.

– Voilà ! L'ambassadeur se racla la gorge. Je voudrais d'abord vous dire, amicalement si vous le permettez, que vous y avez été un peu fort avec mon attaché culturel.

– Je l'admets, mais je venais de vivre des événements dramatiques dont il n'a pas pris la mesure malgré mes explications.

– Certes, mais il a quand même perdu deux dents dans l'histoire.

– Vous m'en voyez sincèrement navré. Présentez-lui mes excuses. Il faut mettre mon énervement sur le compte de la fatigue.

– Oublions tout cela. Voilà ce que je suis venu vous dire : les informations contenues dans le carnet de Renouard dont vous avez laissé des photocopies à l'ambassade et au ministère de la Santé ont eu l'effet d'une déflagration. En général, ces affaires où se mêlent corruption et règlement de comptes politiques sont minimisées, voire étouffées. Là, avec la tentative d'assassinat dont vous avez été victime de la part de Renouard et sa responsabilité dans la mort de Cauchoix, le scandale était trop important. Vous serez surpris, mais la contrefaçon de médicaments n'a pas ému grand monde. Elle est tellement courante. Non, ce qui a motivé une enquête, c'est que l'opposition a accusé le gouvernement d'avoir protégé Renouard et ses complices pendant toutes ces années où il s'est enrichi de manière invraisemblable, pas uniquement avec un trafic de faux médicaments mais également de statuettes anciennes, de pierres précieuses et j'en passe. La plupart de ses complices, certains Français, ont été identifiés et emprisonnés. Pour combien de temps ? Ça c'est une autre histoire. Une partie du ministère de la Santé est sous les verrous. Le ministre a été limogé la semaine dernière non pas pour avoir participé à cette entreprise criminelle – c'est un homme honnête – mais parce qu'il n'avait rien vu. Autrement dit, la fourmilière est paniquée. L'ambassadeur s'arrêta un instant et fixa Philippe. Maintenant, Leroy, je suis désolé de vous dire ça, surtout après ce que vous venez de vivre, mais vous devez quitter le pays. Ça ne me plaît pas d'être le messager de cette nouvelle, croyez-moi, mais il s'agit d'une demande conjointe de la Mauritanie et de la France.

Sans émotion apparente, Philippe finit son verre avant de commencer d'une voix posée :

– Je me doutais bien que vous n'étiez pas venu me remettre la Légion d'honneur, mais j'ai une question simple, à laquelle j'aimerais avoir une réponse précise. Que me reproche-t-on ?

– Rien.

Ils se regardèrent quelques instants comme deux boxeurs qui se jaugent avant le round décisif.

– C'est peu pour justifier une expulsion.

– Je vous l'accorde. Disons que la raison d'État justifie votre départ. Vous avez déclenché un scandale.

– Comment ça ? Je n'ai rien déclenché du tout ! C'est Renouard qui a tenté de me tuer, pas l'inverse ! Et que fallait-il que je fasse en apprenant que des lots de chloroquine étaient contrefaits ? Les utiliser en silence et être complice de la mort des malades ? Et on aurait préféré que je taise mes doutes quant aux causes de la mort de Cauchoix, il y aurait eu moins de scandale ! Il se pencha en avant et accéléra le débit. Je n'ai pas fait mes études de médecine pour ça, monsieur l'ambassadeur. Je ne me suis pas battu pendant plus d'un an au milieu de difficultés dont vous n'avez pas idée pour être chassé comme un chien qui a cessé de plaire. Les vaccinations pour éradiquer la rougeole qui tue des centaines d'enfants doivent être pratiquées à grande échelle, de même pour la méningite. La formation des agents de santé demande du temps pour être efficace. Voilà pourquoi je refuse de partir avant le terme normal de ma mission.

– Je comprends votre amertume. Personne ne vous reproche quoi que ce soit sur le plan professionnel, et je sais que la population vous porte au pinacle, mais vous ne pouvez pas rester contre la volonté de l'Administration mauritanienne et faire fonctionner le dispensaire de manière sauvage ! Comment feriez-vous d'ailleurs ?

– J'ai ma petite idée là-dessus.

Varély haussa les épaules et regarda sa montre.

– Je devrais déjà être parti.

– Mais partez. Je ne vous retiens pas.

– Voyons, soyez raisonnable. En vous obstinant, vous allez mettre votre vie en jeu.

– Je commence à avoir l'habitude.

– Cessez de ne penser qu'à vous. Vous avez bien des parents ou de la famille en France ?

– Justement pas. Et mes liens avec l'Assistance publique sont assez distendus. Ne perdez pas de temps. Vous avez une longue route à faire. Je vous raccompagne.

L'ambassadeur sortit un document de sa poche qu'il laissa sur la table.

– Docteur Leroy, je vous notifie que vous avez huit jours pour rejoindre Nouakchott où l'ambassade prendra en charge les frais de votre rapatriement et vous remettra une indemnité pour faciliter votre retour en France. Passé ce délai, les militaires à béret rouge qui m'accompagnent viendront vous chercher et ce ne sont pas des tendres.

– Eh bien, qu'ils viennent !

– Comme vous voudrez. J'aurai fait le maximum.

– Mais oui. Plus même. Vous avez été parfait.

À cet instant, il repensa aux conseils de Jean et se mordit les lèvres. Cette pique était superflue. Décidément, il était incorrigible.

Une foule silencieuse entourait les deux voitures. Les militaires étaient nerveux. Le gradé criait des ordres en hassanya et en peul qui n'avaient aucun effet sur la population. Philippe raccompagna l'ambassadeur à sa voiture. Le chauffeur lui ouvrit prestement la portière.

– Je vous souhaite bonne route, dit Philippe d'une voix forte en lui serrant la main.

Ould Saya se détacha de la foule.

– En ma qualité de maire, j'aurais souhaité vous accueillir dans notre mairie avant votre rencontre avec notre médecin, mais je comprends que vous avez peu de temps. En tout cas, votre venue nous honore. Ce n'est pas tous les jours que nous avons la visite de l'ambassadeur de France ! Votre chauffeur a l'air inquiet. Rassurez-le. La population de Faedi est pacifique.

Debout près de la portière ouverte, Varély jeta un regard circulaire sur la foule qui n'avait pas bougé d'un pouce.

– Je vous remercie, monsieur le maire, dit-il d'un ton pincé. Effectivement, le temps m'a manqué pour vous rendre visite et je le regrette, mais j'ai une longue route à faire. Docteur Leroy, je souhaiterais vous revoir un instant en tête à tête.

Laissant l'escorte interloquée, les deux hommes traversèrent la véranda. Blême, Varély refusa l'invitation de Philippe à s'asseoir.

– C'est vous qui avez organisé cette petite réception ?

– J'en serais bien incapable.

– Vous me prenez pour un monstre froid, hein c'est ça ? Les pauvres populations vont perdre leur médecin – que dis-je, leur bienfaiteur – à cause de ce salopard d'ambassadeur flanqué de ce crétin qui jette des bonbons aux enfants…

– Tant qu'ils ne sont pas contrefaits…

– Très drôle !

Varély se calma aussi vite qu'il s'était emporté.

– Si vous croyez que tout ça m'amuse. Écoutez-moi bien, Leroy. Quoi que je fasse à mon retour, le gouvernement mauritanien ne reviendra pas sur sa décision de mettre fin à votre mission. Je ferai un rapport en disant que vous ne m'avez pas fait part de vos intentions. Pendant une courte période, les autorités attendront que vous partiez de vous-même. Ils n'enverront les militaires vous chercher qu'après quelques semaines. S'agissant d'un citoyen français, je serai nécessairement prévenu au préalable et vous enverrai un message radio dès que je connaîtrai la date de leur intervention. Méfiez-vous, ils ne vont pas envoyer des comiques ! Si vous y tenez vraiment, réfugiez-vous au Sénégal en attendant des jours meilleurs. Votre seule chance c'est qu'un nouveau gouvernement revienne sur la décision de vous expulser. Mais n'y croyez pas trop. Voilà, Leroy, je ne peux rien vous dire de plus. Bon vent !

– Merci. Vous êtes sympa.

Quinze jours s'étaient écoulés depuis la visite de l'ambassadeur. Philippe et Omar venaient de rentrer à la nuit tombante du village le plus éloigné où était expérimentée la gestion d'une caisse de médicaments essentiels par un agent de santé analphabète. Le contrôle des activités et de la caisse avait été satisfaisant. Abdelaziz était un des rares auxiliaires de santé ayant une bonne compréhension de son rôle et une relative rigueur financière. Et dire que ces efforts de formation qui nécessitaient d'être accomplis dans la durée seraient bientôt réduits à néant. Il fulminait en pensant qu'il avait sans doute effectué sa dernière visite dans ce village. Après tout, il aurait accepté qu'un confrère lui succède, à condition d'avoir le temps de le mettre au courant. Mais il avait joint le père Milan la veille. L'hôpital de Khoum était désorganisé, aucun médecin-chef ne serait nommé avant plusieurs mois, avait-on dit au personnel de santé, et, par conséquent, personne ne lui succèderait avant longtemps à Faedi. Pour l'heure, il vivait au jour le jour, prêt à fuir dès qu'on viendrait le chercher. En accord avec le maire, il avait nommé Souleymane « gestionnaire intérimaire du dispensaire et de la pharmacie » et lui avait remis un double des clefs. Le colonel de gendarmerie avait promis de faire garder les locaux après son départ pour éviter tout pillage. Que pouvait-il faire de plus ?

Philippe garait la voiture à côté de la terrasse lorsque deux phares apparurent dans le rétroviseur. Le véhicule de Jean s'immobilisa. Son propriétaire et Ould Saya en descendirent.

– Votre visite n'était pas prévue. Que se passe-t-il ? Ne me dites pas que les militaires sont en ville !

Sans un mot, les deux hommes le suivirent dans la maison et s'affalèrent sur le canapé.

– Nous venons de découvrir un spectacle insoutenable, et vous savez que j'ai le cœur endurci. Ça fait deux jours que Canthi n'est pas venu travailler. Je suis allé frapper à leur porte ce soir.

– Et alors ?

– Personne n'a ouvert. Je suis entré. Il flottait une odeur de cadavre. Canthi gisait sur le lit, baignant dans son sang, le crâne fendu par un coup de hache. Liliane était dans un fauteuil, de la mousse blanche aux lèvres. Je pense qu'elle a avalé un poison après avoir tué René pendant son sommeil. Elle a laissé une lettre pour son frère en France. Je suis allé chercher le maire. Nous sommes retournés sur les lieux, et nous voilà.

Philippe était abasourdi. Il n'avait jamais éprouvé d'autre sentiment pour Liliane que celui d'une authentique compassion pour avoir épousé ce rustre. En un éclair lui revint sa crise d'hystérie lorsqu'il avait mis fin à leur relation.

– Ces derniers temps, elle était ivre du matin au soir. Elle a dû avoir une crise de démence, dit Ould Saya.

– Sans doute. Ils ne voyaient plus personne depuis quelques semaines.

Philippe regarda Jean.

– Les rangs des toubabs s'éclaircissent. Vous savez à quoi je pense.

– Oui, mais je ne crois pas aux étoiles qui parlent.

Alors que décembre était d'habitude plutôt frais, les jours qui suivirent la mort de Liliane et René Canthi furent marqués par une forte chaleur. Philippe venait de terminer sa consultation et s'apprêtait à rentrer lorsque le nouvel opérateur radio vint le chercher.

– Docteur, l'ambassadeur attend pour vous parler.

Philippe monta à l'arrière de la moto pendant qu'Omar restait cajoler Ludo.

– Bonjour Leroy. Ils viennent vous arrêter demain. Deux jeeps. Je ne sais pas quand ils quitteront Nouakchott, mais ils ont prévu d'être à Faedi vers midi. Vous devriez partir dès qu'il fera jour.

– Merci pour tout, monsieur l'ambassadeur.

– Bonne chance, Leroy.

Ould Saya, Jean, Omar, Philippe et Aïssata étaient tous là, réunis pour le dîner d'adieu. Elle était plus séduisante que jamais dans un superbe boubou bleu, les yeux cernés de khôl, maquillée et parée de bijoux en or. Son père l'avait autorisée à rester jusqu'à minuit à condition que Philippe la raccompagne.

– Donc, tu as bien compris. Arrivés au fleuve, Omar demandera Ould Aziz. Il vous indiquera où cacher ta voiture et vous fera traverser le fleuve. Omar saura comment trouver mon cousin à Saint-Louis. Il vous hébergera. Je te tiendrai au courant de l'évolution de la situation par Souleymane.

– Oui, tout est clair, merci encore. S'il m'arrive quelque chose, vous savez où est l'argent pour payer l'internat d'Omar.

– Oui, oui, ne t'inquiète pas.

Vers minuit, après d'ardents moments intimes, Philippe raccompagna Aïssata. Elle pleura en silence tout au long du chemin. Philippe luttait pour maîtriser son émotion. Juste avant qu'elle descende du véhicule, il l'étreignit longuement et lui caressa le visage.

– Attends-moi, je reviendrai. Je te le promets. Tu comprends ?

Elle hocha la tête et courut jusqu'à la porte sans se retourner. Il resta un long moment hagard, la tête sur le volant. Des cris stridents venus de l'arrière le sortirent de sa torpeur. Un nuage de chauves-souris géantes s'engouffra dans la ruelle et submergea la voiture. Elles étaient si nombreuses et volaient si près les unes des autres que Philippe ne voyait plus les cases aux alentours. Le phénomène dura plusieurs minutes. Que fuyaient-elles en pleine nuit ? Immédiatement après leur passage, la lune apparut au-dessus de la ruelle éclairée comme en plein jour. La couleur de l'astre, presque rose, et sa taille étaient inhabituelles. Philippe se frotta les yeux mais la vision demeurait la même. Perdait-il la raison ?

En descendant de voiture, à son retour, la chaleur avait encore augmenté. Le ciel était noir maintenant, comme si de gros nuages avaient soudainement masqué la lune et les étoiles. Omar l'attendait.

– Tu es sûr de ne pas vouloir rester dans la famille de Silé ? Tu sais qu'ils proposent de t'accueillir.

– Oui, mais je veux partir avec toi.

– Bien, allons dormir. Les bagages sont prêts. Demain sera une journée fatigante. On partira vers dix heures. Ça devrait suffire.

– Tu ne crois pas qu'on devrait partir plus tôt ?

– Non, les soldats n'arriveront pas avant midi. Allez, va te coucher et fais de beaux rêves.

– Je ne peux pas. Il fait trop chaud. On n'entend plus les ânes ni les chacals. On dirait qu'ils sont tous morts. Je vais prendre une douche.

Philippe sortit sur la terrasse. L'atmosphère était irrespirable, le silence total, oppressant, la chaleur étouffante, le ciel noir comme du charbon. Un tunnel, non, plutôt une grotte, il avait l'impression d'être dans une grotte. Omar vint le rejoindre.

– L'eau est chaude ! C'est pas la peine de prendre une douche.

– Tout cela est étrange.

Il ouvrit les portes de toutes les pièces dans l'espoir, illusoire, de provoquer un courant d'air. Il entendit Omar chantonner dans sa chambre un court instant, se déshabilla et s'allongea. Soudain, le visage angoissé de Louise lui apparut. Il se redressa ruisselant de sueur. Combien de temps avait-il dormi ? Omar pénétra dans sa chambre.

– Viens dehors !

– Mais il y a un incendie !

– Non, tu vas voir…

Ils sortirent sur la terrasse. Le firmament était constellé d'étoiles rouges. Un rouge vif incandescent. Un nombre incalculable de lucioles rouges tremblotantes. La voie lactée semblait plus proche. Un ciel d'hiver superbe, mais avec des étoiles rouges. Il se frotta les yeux. Il entendit une clameur, des motos traverser la ville, des appels à la prière du haut des minarets.

– Tu vois que ça existe, dit Omar sur le ton de la confidence.

– Nous sommes victimes d'une hallucination collective. C'est magnifique, mais… tiens, regarde, des étoiles filantes…

Subitement, des milliers de traînées lumineuses sillonnèrent le ciel, d'abord horizontalement puis verticalement, le traversant pour s'approcher de la terre à une allure vertigineuse, avant de remonter, de redescendre puis de remonter à nouveau, comme un gigantesque ballet de yoyos pourvus d'élastiques rouges. Quel artificier céleste pouvait régir un tel spectacle ? Ils restèrent pétrifiés devant la beauté de la scène, comme cloués au sol. Le phénomène dura près d'une heure avant que les étoiles rouges rosissent progressivement puis disparaissent en laissant la place à une nuit d'encre.

Un hurlement leur glaça les veines, comme une longue plainte.

– Qu'est-ce que c'était ?

– Une bête, n'aie pas peur !

– Oui, et bien moi, je dors dans ta chambre !

Ils rentrèrent. La chaleur avait un peu diminué. Philippe s'allongea en repensant au visage tourmenté de Louise. Qu'avait-elle voulu lui dire ? Quelques minutes passèrent. Omar arriva avec son matelas. Le braiement d'un âne se fit entendre, tout près.

– C'est Ludo !

– Mais qu'est-ce qu'il fait ici ?

– Je ne sais pas. Tu te souviens de mon rêve ?

– Oui, mais ne t'inquiète pas. Il n'arrivera rien.

Omar s'assit sur son matelas.

– Il faut que je te dise quelque chose.

– Maintenant ? Ça ne peut pas attendre demain ?

– Non. Tu te souviens du soir où je suis venu chez toi la première fois ?

– Comme si c'était hier.

– Eh bien je t'ai menti ce soir-là. Je t'avais dit que j'étais parti de chez moi à cause de la famine. C'est pas pour ça…

Omar éclata en sanglots. Il lui fallut un long moment avant de pouvoir continuer. Je suis parti parce qu'on m'a traité d'enfant-sorcier. Au début de l'hiver, beaucoup de gens sont morts dans notre quartier en quelques jours, d'une maladie inconnue. Les guérisseurs n'ont rien pu faire. Le délégué du quartier est allé voir un grand marabout qui habitait à côté de chez nous pour savoir pourquoi tous ces gens mouraient. Mon père avait prêté de l'argent à ce marabout. Il ne voulait pas lui rendre. Ils se sont disputés. Mon père a dit aux voisins que le marabout était un voleur. Pour se venger, il a dit que les ancêtres avaient désigné le coupable ; c'était moi, l'enfant-sorcier, le responsable de tous ces morts. La nuit, je me transformais en oiseau de malheur et j'allais piquer les gens avec mon bec empoisonné pendant qu'ils dormaient. Mes camarades ne voulaient plus me parler à l'école. Tout le monde avait peur de moi. Un soir, des gens en colère sont arrivés devant la maison en criant : « Donnez-nous Omar, l'enfant-sorcier ! C'est à cause de lui que nos parents sont morts. On va le brûler ! Mort à l'enfant-sorcier ! » Ils avaient des torches. On a cru qu'ils allaient mettre le feu à la maison. Heureusement, des policiers sont arrivés. Mais ils ont dit à mon père qu'ils ne pouvaient pas rester nous protéger… que les gens reviendraient… qu'il fallait que je parte le plus vite possible. Le lendemain matin, mon père m'a mis dans le premier taxi-brousse pour Bamako. Il m'a donné l'adresse d'un cousin. Mais quand je suis arrivé chez le cousin, toute sa famille avait déménagé en Haute-Volta. Alors je me suis débrouillé comme j'ai pu dans les rues de Bamako et tout ce que je t'ai dit après est vrai.

Philippe ne savait pas comment réagir.

– Mon pauvre Omar, tout ce qui t'est arrivé est terriblement injuste. Mais tu verras, quand tu seras plus grand, tu retourneras à Mopti voir tes parents et ils seront fiers de toi.

– D'accord. Mais est-ce que tu m'aurais pris avec toi si je t'avais dit qu'on m'avait accusé d'être un enfant-sorcier ?

– Peut-être pas. À l'époque, j'aurais sans doute pensé que tu me racontais des histoires.

– Alors j'ai bien fait de te mentir ?

– Oui. Et maintenant tu ferais bien de dormir.

Philippe éteignit la lumière et tendit l'oreille. Pas un bruit. Le calme après la tempête.

La voiture était chargée, la maison rangée, les dernières instructions avaient été données à Souleymane. Accompagnés du maire, Philippe et Omar commencèrent leur tournée d'adieu dans la rue principale. La température était redevenue normale et le ciel avait retrouvé sa couleur d'un bleu éclatant.

– Ne vous y fiez pas, dit Ould Saya soucieux. Ce calme est trompeur, le désordre n'est pas fini.

– Qu'est-ce qui explique le phénomène de la nuit dernière ?

– Je ne sais pas, mais notre monde est devenu fou. Certains comportements doivent déplaire.

– À qui ?

– À Dieu, aux ancêtres, aux esprits, aux forces invisibles que vous méprisez à tort, vous autres Occidentaux.

Tout en poursuivant leur discussion, ils saluaient les personnes qui venaient à eux. La nouvelle du départ du toubib s'était répandue comme une traînée de poudre. Les gens mêlaient leurs remerciements à Philippe à des commentaires attristés sur la mort violente des Canthi et perplexes sur les évènements de la nuit. Ils trouvèrent Jean assis devant un verre de thé à la menthe fumant qu'une jeune femme nu-tête, habillée à l'européenne, venait de poser. Il portait un pantalon et une chemisette blancs impeccablement repassés. Une paire de jumelles pendait à son cou. Son visage dégageait une grande sérénité et il esquissa un sourire.

– Asseyez-vous, messieurs, c'est ma tournée.

– Eh bien ! Je ne vous avais jamais vu dans une telle tenue.

– Et vous n'êtes pas prêt de me revoir. Qu'avez-vous pensé du spectacle de la nuit dernière ?

– Féérique, mais angoissant. Comment l'expliquer ? Un ciel constellé d'étoiles rouges, ça n'existe pas.

– Un soleil qui tournoie non plus, et pourtant cent mille personnes l'ont vu à Fatima. Alors, vous savez, que nous ayons été vingt mille à Faedi à voir des étoiles rouges, c'est anodin.

– Vous trouvez ? Ce serait intéressant de savoir si le phénomène de cette nuit s'est produit ailleurs.

– Apparemment non, dit Ould Saya. J'ai appelé la capitale. On ne le signale nulle part.

Jean paya les consommations.

– Vous êtes prêt, Philippe ?

– Fin prêt. Vous viendrez nous voir à Saint-Louis ?

– Je ne pense pas. Il est dix heures. Je serais vous, je partirais maintenant.

L'agitation gagna la foule. Jean gravit un petit monticule et braqua ses jumelles sur la longue ligne droite qui précédait l'entrée de Faedi.

– Abrégez les adieux car les visiteurs arrivent plus tôt que prévu. Deux jeeps, huit militaires en tout lourdement armés. Ils seront là dans peu de temps. Vite, partez.

Philippe était décomposé.

– Mais l'ambassadeur m'a dit qu'ils ne seraient pas là avant midi !

– On lui a menti, les militaires sont certainement partis la veille et ont couché en route. Dépêchez-vous.

Ould Saya héla un jeune à moto.

– Emmène Philippe et Omar tout de suite à la maison du toubib.

– Je ne sais comment vous remercier tous…, commença Philippe.

– En partant tout de suite, finit Jean.

Philippe et Omar grimpèrent derrière le conducteur. La moto avait parcouru une cinquantaine de mètres lorsque Philippe se retourna et agita la main. Ould Saya et Jean lui rendirent son salut. Sur la piste menant à Faedi, le nuage de poussière grossissait à vue d'œil.

– C'est terrible, lâcha le maire. Les militaires seront là dans quelques minutes. On leur dira qu'ils sont partis hier.

– Les militaires aussi ont des jumelles. Ils n'ignorent rien de ce qui se passe ici. Il va falloir les bloquer.

– Mais comment ? Je ne vais pas demander à la population de prendre les armes !

– On va bien trouver une solution.

Jean braqua à nouveau ses jumelles en direction de la route. Ould Saya était anéanti.

– Qu'est-ce qu'on peut faire ? Mettre des pierres sur la piste ?

– Ils les enlèveront en deux minutes.

Le jeune motard était de retour.

– Ça y est, le toubib et Omar sont partis.

– Ils n'ont que peu d'avance, dit le maire. Jamais, ils n'arriveront au fleuve à temps.

– Je crois que je vais retarder les militaires suffisamment, dit Jean.

– Vous ? Mais comment ?

– Vous verrez. Mais avant, j'ai quelque chose à vous confier.

Il s'approcha d'Ould Saya et lui glissa quelques mots à l'oreille.

– D'accord. Mais pourquoi me dites-vous ça maintenant ?

Jean se tourna vers Souleymane.

– Prends mes jumelles. Tu les donneras à Philippe quand tu iras le voir à Saint-Louis.

La rue principale était noire de monde. On voyait maintenant distinctement les deux jeeps entrer dans la ville. Jean finit son verre de thé.

– C'est le meilleur que j'ai bu depuis longtemps.

– Vous m'inquiétez. Vous n'allez pas leur tirer dessus ?

– Mes revolvers sont chez moi, je vous les donne. Vous pourrez les utiliser contre le salopard là-bas qui est en train de renseigner les militaires. Regardez-le. Il leur montre la direction prise par Philippe.

– Je le reconnais, c'est un cousin d'Ahmed. Je vais m'occuper de lui. Les voilà qui redémarrent. Je vais essayer de m'interposer.

Ould Saya se planta au milieu de la rue, face aux jeeps qui arrivaient. Il écarta les bras. Les véhicules stoppèrent net.

– Dégagez, hurla le gradé debout à côté du chauffeur du premier véhicule.

– Pour qui vous prenez-vous pour me parler sur ce ton ? Je suis le maire de la ville. Que venez-vous faire ici ?

– Vous le savez très bien, ricana le gradé. Nous sommes venus arrêter le docteur Leroy. Nous savons qu'il est parti en direction du fleuve. Poussez-vous, sinon on vous écrase.

Une foule compacte entourait maintenant les véhicules. L'ambiance était électrique. Les soldats pointèrent leurs armes sur les premiers rangs. Le gradé dégaina son revolver. Jean alla se planter à côté d'Ould Saya.

– Mettez-vous sur le côté, monsieur le maire, et laissez-moi faire.

– Bon, ça suffit ! dit le gradé. Arrêtez vos comédies !

– Monsieur l'officier, vous n'êtes qu'un chien, dit Jean d'une voix forte.

– Quoi ? s'étrangla le gradé. Retirez ça, sinon je vous mets deux balles !

– Je retire ça, dit Jean avec un grand sourire. Vous n'êtes pas un chien, vous êtes un porc.

Deux coups de feu claquèrent. Jean s'écroula. Une pluie de pierres s'abattit sur les véhicules dont les pare-brises volèrent en éclat. Des hommes de tous âges se précipitèrent sur les soldats pétrifiés, arrachèrent leurs armes et commencèrent à les rouer de coups. Le gradé, hébété, avait le visage en sang.

– Assez ! hurla Ould Saya. Assez !

Il leva la main et la curée cessa. Il empoigna le gradé par le col et se mit à le secouer avec une force décuplée par la colère.

– Écoute-moi, espèce d'assassin, tu as dix secondes pour repartir à Nouakchott avec ta clique, sinon vous êtes tous morts !

L'homme n'était pas en état de parler. Il fit un geste. Les chauffeurs firent demi-tour et les véhicules repartirent en cahotant dans l'autre sens, sous une avalanche d'injures et de projectiles.

Jean gisait sur la piste. Une tache de sang grossissait et maculait sa chemise blanche au niveau du foie. Un homme appliqua un linge à l'endroit où les balles avaient pénétré. Immédiatement, le pansement de fortune devint rouge. On entendit Ludo arriver. Jamais il n'avait trotté aussi vite, raconta plus tard le vieux Marhoum. Ses sabots semblaient ne pas toucher le sol. La brave bête comprit avant tout le monde. Elle s'arrêta net près de Jean et baissa la tête. Ceux qui assistèrent à la scène certifièrent avoir vu des larmes de sang couler de ses grands yeux. Silé était tétanisé. Il se demandait comment monsieur Bardin pouvait continuer à fixer le soleil. Le maire, les mains ouvertes, s'agenouilla à côté de Jean et récita une prière.

Ould Saya errait sans but au milieu de l'après-midi sur la piste qui menait à l'est. Il n'avait pas dormi de la nuit, hanté par les images de la mort de Jean, la veille, et la vision de ses ancêtres lui expliquant, par l'intermédiaire de son père, quand il était enfant, la signification des étoiles rouges. En pleine nuit, il s'était levé pour aller à la mosquée prier pour le repos de l'âme de Jean. Qu'avons-nous fait pour mériter ce déchaînement de violence, se disait-il en englobant dans ses sombres pensées les crimes de Renouard, la mort des Canthi et celle de Jean. L'acceptation du destin se heurtait chez lui à un sentiment de révolte grandissant. Il essayait de se convaincre que tous ces événements avaient un sens et qu'il avait correctement compris ce que lui avait dit son père : « Signe d'un grand désordre qui dure quelques jours, la nuit des étoiles rouges est toujours suivie d'une période constructive et de progrès. » Tout en réfléchissant, il s'éloignait de Faedi, désireux de profiter d'une nécessaire solitude. Il avait dépassé depuis longtemps la dernière maison de la ville, celle de Jean, et réalisa pour la première fois à quel point il s'était isolé. Il marchait d'un pas de plus en plus lourd, peinant à trouver sa respiration et pressentait un événement inattendu. Tout à coup, le ciel se chargea de nuages gris venus du nord, en même temps que la température baissait brusquement. Alors qu'il n'avait pas vu âme qui vive depuis deux heures, la silhouette d'un enfant venant dans sa direction se profila en contrebas du sentier. Il ne le reconnut que lorsqu'il arriva à sa hauteur.

– Eh bien, Silé, que fais-tu par ici ?

– Je voulais me promener tout seul.

– Mais personne ne vient se promener sur ce sentier. Il y a des serpents. C'est dangereux ! Tu es triste du départ d'Omar, c'est ça ?

– Très triste, oui. Est-ce qu'il va revenir ?

– Inch'Allah ! Comment va Aïssata ?

– Elle a beaucoup pleuré ce matin.

– Tu vois, Silé, il ne faut pas perdre espoir. Je crois que tout finit par s'arranger. Et puis, notre rencontre est très surprenante, car j'ai quelque chose d'important à te dire. Jean t'a donné son tourne-disque et tous ses disques. Tu peux aller les chercher dans sa maison quand tu veux.

Silé était bouche-bée.

– Monsieur Bardin m'a donné son tourne-dixe ? Mais quand est-ce qu'il vous a dit ça ?

– Hier matin, avant l'arrivée des militaires.

Le ciel s'assombrissait de plus en plus et le vent se leva. Ils tournèrent la tête vers les gros nuages noirs qui obscurcissaient l'horizon au nord.

– La tempête arrive et nous n'avons pas d'abri. C'est à cause des étoiles rouges, mais dans quelques jours ça ira mieux.

Les premières rafales les surprirent, chargées de sable et de cailloux. Puis le ciel se zébra d'éclairs tandis que le tonnerre résonnait si fort que le sol tremblait. Le seul refuge à proximité était la maison de Jean.

– Cours, Silé, va chez Jean. Vite !

Silé hésita.

– Allez, dépêche-toi !

De grosses gouttes s'abattirent sur eux. Silé commença à courir en direction de la maison. « Jamais il n'arrivera à temps. » pensa Ould Saya. Subitement, le garçon accéléra. Incrédule, le maire le vit faire des grandes enjambées à un rythme infernal. En quelques secondes, sa course devint surnaturelle. Le gros de la tempête était maintenant sur Ould Saya. Il eut le temps de voir Silé arriver chez Jean et ressentit un coup au cœur en croyant reconnaître une silhouette lui ouvrir la porte. Ce n'était pas possible bien sûr. Il avait un accès de fièvre. Il s'accroupit entre deux monticules et mit la tête entre les genoux. Un énorme grêlon le frappa. Il perdit connaissance.

REMERCIEMENTS

Merci à ma famille et mes amis pour leurs judicieux conseils et à Véronique pour son précieux concours.

Romans et nouvelles d'Europe

aux éditions L'Harmattan

Dernières parutions

À TRAVERS UNE MEURTRIÈRE
Roman psychanalytique
Anne Durand
Écouter ces trois femmes qui ont tué, essayer de mettre en récit « ce qui s'est passé » cela veut dire... être porté soi-même jusqu'à ce point, ce lieu, cette « meurtrière » ce risque autour duquel chacun de nous se façonne. La rencontre de l'autre en sa folie, un étrange détour aussi au fond de soi.
(Coll. Rue des écoles, 14 euros, 111 p., mai 2015)
EAN : 9782343062327 EAN PDF : 9782336381695

AUTOMNE À BERLIN
Roman
François Benaltini
Berlin 1961. Une ville, un peuple, deux États ; Alexander a 4 ans lorsque sa mère décide de passer avec lui en Allemagne de l'Ouest. Quelques jours plus tard, dans la nuit du 12 au 13 août, un mur de barbelés s'abat sur Berlin ; des millions d'Est-Allemands se retrouvent soudain pris au piège. Parmi eux, le père d'Alexander...
(Coll. Amarante, 19 euros, 204 p., mai 2015)
EAN : 9782343058566 EAN PDF : 9782336381060

UN BOUQUET DE BRUYÈRE
Roman
Alain Parodi
Un soir d'été dans les Cévennes ardéchoises, sauvages et tranquilles, deux randonneurs ne finiront pas leur nuit sur la plage d'une rivière sous le vieux Pont de la Brousse. Le meurtre et le viol l'abrègeront trop vite. Mais il y a un témoin. Qui ne parlera pas, mais avouera à un confident les raisons intimes de son silence. Ce sera son tour de porter le secret, d'en subir les tourments, pris dans les nasses de son indécision. Un roman sur le silence, la justice où se croisent les vérités humaines de personnages simples à la part d'humanité complexe.
(20,5 euros, 210 p., mai 2015)
EAN : 9782343048796 EAN PDF : 9782336376233

CE TEMPS DES CERISES
Roman
Yvan Lissorgues
L'histoire d'une humble famille ouvrière, avec ses bonheurs et ses heurts, captée dans le regard de Paul, vieux et actif militant communiste, en proie au désenchantement, à la suite des événements de Mai 68. Après avoir suivi le dogme efficace, mais dangereux «du Parti qui a toujours raison», Paul se sent grandi de voir qu'il est capable de penser par lui-même, mais s'en trouve désemparé, avec

dans le cœur «une plaie ouverte», comme dit la chanson populaire «le temps des cerises» chantée ou fredonnée en divers moments du récit.
(Coll. Écritures, 27 euros, 328 p., mai 2015)
EAN : 9782343054513 EAN PDF : 9782336381640

CHOPIN, LES CIVILS ET MOI
Roman
Marie-Véronique Gauthier
Ce livre fait suite à *Chopin, la Guerre et moi*, et poursuit les amours de cette jeune collégienne tout juste sortie de la Légion d'Honneur, éperdument éprise de Chopin, qu'elle appelle Frédéric, et de son œuvre. 1968, lycée des Vertugadins. Isabelle ne se moque pas d'elle, quand elle fait la révérence lors d'une interro orale. Isabelle est la seule à comprendre que, saoule de joie, son amie pleure en écoutant les deux Concertos de son Amour, ou se chagrine de ne pas savoir jouer correctement l'»Étude révolutionnaire» de Frédéric.
(Coll. Rue des écoles, 12,5 euros, 112 p., mai 2015)
EAN : 9782343063126 EAN PDF : 9782336381701

LA CLEF DES PORTES CLOSES
Roman
François Winling
Ce cinquième roman, sensible et émouvant, de François Winling est dédié au lieutenant Marcel Thomas, tué dans la nuit du 27 au 28 août 1914. Son corps, comme des milliers d'autres, n'a jamais été retrouvé. Les deux héros de ce livre, André Dermon et Jacques Déchamp, auraient pu être ses camarades. Ce récit de la recherche par une jeune femme des circonstances de la mort de son grand-père tué au combat est intemporel : de tout temps les guerres détruisent les corps comme les âmes et bouleversent les familles.
(Coll. Écritures, 19,5 euros, 216 p., mai 2015)
EAN : 9782343063935 EAN PDF : 9782336381893

DÉLECTATION MOROSE
Roman
Anne Journel
En déménageant dans le Perche, Rachel pensait être à l'abri. C'était sans compter sur le hasard. Au cours d'un dîner, elle se retrouve soudain face à Alexandre, un ami qu'elle n'avait pas revu depuis son départ. Paniquée, elle fuit. Mais pourquoi veut-elle échapper à son passé ? Que s'est-il passé il y a trente ans ? Comment peut-on se cacher aussi longtemps ?
(22 euros, 265 p., mai 2015)
EAN : 9782343061399 EAN PDF : 9782336379968

DES JOURS ET DES NUITS
Récit
Marie Gardien-Rougier
«Ma mère est morte le 7 septembre...» Une femme parle à la première personne. Autofiction autour de la perte, un père taiseux né en 1900, une mère épicière débordée...Un labyrinthe de vingt-trois textes courts et un prologue, dans la même tonalité pour une voix nue. Le temps n'a pas de prise et il n'y a pas de hiérarchie pour la mémoire. Elle parle de la langue qu'elle a choisie, elle dit le

prévisible et l'inattendu. La vie ordinaire et têtue. Tout est là au présent, autour d'elle, à fleur de sensibilité.
(Coll. Écrits 21, 13 euros, 118 p., mai 2015)
EAN : 9782343063089 EAN PDF : 9782336381855

DU SANG DANS LE MAQUIS
Une tragédie corse
Gérard Estragon
Deux familles mafieuses sévissant en Corse décident d'arrêter de s'entretuer et de conclure une paix des braves. Il est préférable de gérer à l'amiable les affaires immobilières et autres juteux trafics protégés par des politiques corrompus que de se livrer à une stérile guérilla. Le plan de paix échoue. Un règlement de comptes impitoyable va opposer de jeunes hommes ivres de vengeance décidés à défendre leurs «familles» respectives.
(20,5 euros, 232 p., mai 2015)
EAN : 9782343062082 EAN PDF : 9782336380643

EN APPARENCES
Nouvelles
Hervé Cellier
Qu'ont en commun un chat vengeur, des visages aperçus dans le métro que l'on croit reconnaître, une photo qui ravive la guerre d'Algérie ou encore un problème de CM2 ? Rien en apparence. Dix nouvelles déclinent d'aveuglantes apparences. Celles qui mettent à nu nos faiblesses et font sourire parfois.
(12 euros, 104 p., mai 2015)
EAN : 9782343057774 EAN PDF : 9782336372013

ENTRE
Roman
Anne Vaillant
Mathilde, Isabeau, Claire, Mariette, Laurence et France, autant de vies qui se croisent sans se toucher, qui se mesurent sans se rencontrer, leurs priorités étant trop différentes, voir même opposées. Chaque destin est lié de près ou de loin à l'histoire d'une famille ancestrale dont les racines transmises par la terre sont portées par Jocelyn, le maître des lieux. Il les enferme dans le silence pour ne pas qu'elles soient rompues. Mais survivront-elles à sa mort ?
(12 euros, 100 p., mai 2015)
EAN : 9782343060811 EAN PDF : 9782336381022

L'HOMME QUI VOULAIT ENFANTER
Raoul Garnier
Préface d'Emmanuel Gratton
R.G., homosexuel septuagénaire, est tenaillé jusqu'à l'obsession, voire jusqu'au délire, par le désir d'enfanter. Lui qui a aidé ses étudiants à accoucher d'eux-mêmes, qui a mis au monde des livres, reste sans descendant à un âge où l'on est grand-père. Il sollicite son ami Killian – lui-même père – pour l'accomplissement de son vœu. Après moult résistances, Killian l'exauce : il donne sa semence. R.G. tombe enceint... mais de quoi ? De qui ? Comment ? Ce roman met en scène une situation subversive et transgressive de l'ordre naturel et social.
(Coll. Vivre et l'Ecrire, 17,5 euros, 182 p., mai 2015)
EAN : 9782343060675 EAN PDF : 9782336379197

LETTRE À L'ABSENT

Laurence Leguay

À travers ces pages, Laurence Leguay nous invite à un voyage dans le temps et sur les lieux de la mémoire, redonnant une place à l'absent parti rejoindre le 25e régiment d'infanterie, avec tous ceux de Saint Vaast-La Hougue et ne jamais revenir du charnier de ce qu'on appelle la Grande Guerre, celle de 1914-1918.

(Coll. Encres de vie, 11,5 euros, 72 p., mai 2015)

EAN : 9782336308388 EAN PDF : 9782336381718

UNE LIGNÉE DE VERRIERS AU XIXe SIÈCLE

Itinéraires de petits-bourgeois

Christiane Dufourcq-Chappaz

Duché de Savoie : un village de verriers, où le regard ne dépasse guère le château et l'église, entre dans le tourbillon d'un XVIIIe siècle finissant. La tourmente révolutionnaire de 1789 provoque de profonds changements dans la vie de François et entraîne le départ de l'un de ses fils pour Bordeaux. Le jeune Philibert s'efforce de mener à bien ses projets de verrerie dans cette ville où règne la dure loi du commerce et où la position sociale acquise reste fragile.

(Coll. Romans historiques, 27 euros, 323 p., mai 2015)

EAN : 9782343057262 EAN PDF : 9782336380056

LE MÉTAL DU DIABLE

Bernard Moulenes

Bernard Moulènes remet en scène Jean Massenaud (le personnage de son roman *Carnaval à Mindelo*, 2012) débutant dans la carrière. Il nous entraîne dans une enquête haletante au Niger, en Turquie, puis en Nouvelle-Calédonie. Sa mission est de faire respecter le droit international dans la recherche et l'exploitation des ressources minières. Réfléchi et prompt à l'action, l'agent Massenaud ne devrait pas décevoir, mais serait-il sensible à l'odeur de parfum légèrement musqué que laisse derrière elle une jeune femme au charme énigmatique.

(Coll. Rue des écoles, 17 euros, 168 p., mai 2015)

EAN : 9782343062938 EAN PDF : 9782336382005

L'OR DE LA MISÈRE

Roman

Sylvie Bourgouin

Olga descendit rapidement les marches de la station de métro Mirabeau, admira la perspective et les lignes de fuite qui l'été, quand la ville se vidait, donnaient à Paris le modelé d'une ville américaine, puis elle s'engouffra dans le tunnel d'une nouvelle vie, appliqua la face violette de son pass Navigo sur la borne et força le passage, elle poussa de ses mains l'ouverture du portillon automatique...

(Coll. Écritures, 22,5 euros, 280 p., mai 2015)

EAN : 9782343054667 EAN PDF : 9782336376325

L'HARMATTAN ITALIA
Via Degli Artisti 15; 10124 Torino
harmattan.italia@gmail.com

L'HARMATTAN HONGRIE
Könyvesbolt ; Kossuth L. u. 14-16
1053 Budapest

L'HARMATTAN KINSHASA
185, avenue Nyangwe
Commune de Lingwala
Kinshasa, R.D. Congo
(00243) 998697603 ou (00243) 999229662

L'HARMATTAN CONGO
67, av. E. P. Lumumba
Bât. – Congo Pharmacie (Bib. Nat.)
BP2874 Brazzaville
harmattan.congo@yahoo.fr

L'HARMATTAN GUINÉE
Almamya Rue KA 028, en face
du restaurant Le Cèdre
OKB agency BP 3470 Conakry
(00224) 657 20 85 08 / 664 28 91 96
harmattanguinee@yahoo.fr

L'HARMATTAN MALI
Rue 73, Porte 536, Niamakoro,
Cité Unicef, Bamako
Tél. 00 (223) 20205724 / +(223) 76378082
poudiougopaul@yahoo.fr
pp.harmattan@gmail.com

L'HARMATTAN CAMEROUN
BP 11486
Face à la SNI, immeuble Don Bosco
Yaoundé
(00237) 99 76 61 66
harmattancam@yahoo.fr

L'HARMATTAN CÔTE D'IVOIRE
Résidence Karl / cité des arts
Abidjan-Cocody 03 BP 1588 Abidjan 03
(00225) 05 77 87 31
etien_nda@yahoo.fr

L'HARMATTAN BURKINA
Penou Achille Some
Ouagadougou
(+226) 70 26 88 27

L'HARMATTAN SÉNÉGAL
10 VDN en face Mermoz, après le pont de Fann
BP 45034 Dakar Fann
33 825 98 58 / 33 860 9858
senharmattan@gmail.com / senlibraire@gmail.com
www.harmattansenegal.com

L'HARMATTAN BÉNIN
ISOR-BENIN
01 BP 359 COTONOU-RP
Quartier Gbèdjromèdé,
Rue Agbélenco, Lot 1247 I
Tél : 00 229 21 32 53 79
christian_dablaka123@yahoo.fr

637606 - Janvier 2016
Achevé d'imprimer par

1livre.com
du rêve à la réalité !